# 逃走的人

李颖迪 著

文汇出版社

新经典文化股份有限公司
www.readinglife.com
出 品

从前那种照亮了现在和未来的希望,都到哪儿去了呢?为什么生活才刚刚开始,我们就变得厌倦、疲惫、没有兴趣、懒惰、漠不关心、无用、不幸……了呢?

——《万尼亚舅舅》,契诃夫

# 目 录

## 第一部分

出走　　　　　　　　　　3

隐居吧　　　　　　　　　9

## 第二部分

一通电话　　　　　　　　35

雪城　　　　　　　　　　45

水母　　　　　　　　　　61

不同的房子　　　　　　　71

倒计时　　　　　　　　　87

生活实验　　　　　　　　97

**第三部分**

一间公寓　　　　　　　　　　123

**第四部分**

"把坑填满"　　　　　　　　149

剧本杀、饭局与猫　　　　　　161

离开鹤岗　　　　　　　　　　175

**第五部分**

无人知晓　　　　　　　　　　189

离开的，留下的　　　　　　　201

围墙中的故乡　　　　　　　　211

致谢　　　　　　　　　　　　229

# 第一部分

# 出走

《不这样做,我会后悔一辈子!》

早在五年前我就有这种想法,去寻找一处净土,与山川河流为伍,和猫狗为伴,过一种半隐居田园生活。也许我还能在边缘苟延残喘地活着,可我看不到未来,看不见希望。我不知道未知的前路是好是坏,但这是自己选择的路,也只需一心向前,别无他念。

\* \* \*

出发那天,左杰开着一辆迈腾小轿车,车上有睡袋、被子、便携式酒精灯、铁锅、折叠椅。他从武汉出发,四个月里经过重庆、广西、贵州、广东、陕西,翻过层层叠叠的山。白天,他在车外生火,炒土豆烧牛肉,休息时喝一罐啤酒。晚上,车停在省道的服务站、县城小区、超市停车场或者高速路桥下。睡袋放在后车座,里面垫两床被子。他习惯让车窗开一道缝通风,在湿冷的雾气里惬意睡去。

那辆迈腾是他的好伙伴,一路陪他颠沛流离。在湘西张家界，路上滑，撞烂了大灯。在贵州、云南，山路崎岖，蹭伤了底盘。保险盒和水箱风扇也都坏过。他一次次离开山里，进城修车。

路上，他爱听歌。比如《蜻蜓》：

每当我踩着咯吱咯吱的脚步声，重重嵌入柏油马路的时候，我只希望能够继续做我自己，看着那一颗颗表里不一的心，数着一个个难熬的夜晚。

在无法逃避的黑暗中，今天我又假装睡去，曾令我憧憬得要死的，花花都市"大武汉"。

拎着单薄的旅行袋，我一路向西向西……

在咀嚼到粗糙苦涩的沙尘后，我的正直心被按倒在地。如今才更感到分外深刻彻骨。

啊，幸福的蜻蜓，往哪儿，你要飞向哪里？

啊，幸福的蜻蜓，瞧，正伸出舌头笑着呢。

（他把歌中的"东京"改成了"武汉"。）

他来到了河背山，此山位于安徽六安金寨县，属于大别山山脉。田里是成片的黄芪和天麻，清澈的茶河流淌而过。他在网上看到山上有座民房出租，沿着盘山公路开到半山腰，经过村子，再驶进一条灌木丛遮住的小路。眼前出现一座灰色砖房。院子里有野生的波斯菊、紫苏叶，绿油油的柿子树、桃树。毛茸茸的栗子掉在地上。旁边有块两三百平方米的菜地,竹林里藏着小溪,用手捧一把溪水,凉意在掌心停留好一会儿。密集的竹林像是一块屏风,四处有"啾啾"的鸟鸣声。

空气干净,水也干净,还有那么多树。他觉得就是这儿了,和房东签下半年合同。

要动手改造的地方不少,首先是房屋。屋顶漏水,院子里杂草长得有半人高。他重新漆墙,用除草剂和镰刀除掉杂草,开荒田地,把土壤调成酸性,播种,用羊粪、牛粪、厨余垃圾堆肥。四季豆发芽后,他砍来竹子搭建架子,让藤蔓往上爬。苋菜被虫子咬了,浇上烟蒂泡过的水。很快,四季豆、青瓜、辣椒都熟了。最近,他忙着在门前挖水潭,想养虾米,他铺上防水布,接水管引来溪水。虾米要是能活过冬天,日后就指望着它们过了。

不速之客有许多。短短时间,蛇来了四次。买来驱蛇颗粒撒在角落。院子后面有个野猪的三蹄脚印。稀奇古怪的昆虫不必多说,最让他烦恼的是山蚂蟥。山蚂蟥粘在马尾草、芭茅草背后,米粒大小,从房子到小溪那一路全是。晴天不能穿短裤,阴雨天更多,穿双雨靴,蚂蟥一路往上爬,牢牢粘着皮肤,吸血后快速膨胀,直到他抓来一把盐,或者滴上风油精和酒,它们才不甘心似的脱落,蜷成一团。

没有热水器,洗澡用电磁炉烧水。平常有条狗陪着。那是隔壁邻居送来的一只黑脸黄狗,五个月大,脾气温顺。晚上，他用手机放歌，边听边唱，唱很大声。他喜欢听摇滚乐，比如U2，一支都柏林摇滚乐队。再用竹子搭一座观星平台。他有一套望远镜，能从空中看见木星。等到秋天，拍板栗，摘猕猴桃，种点樱桃和蓝莓，养两头猪。他的梦想几乎就是这样了。

左杰四十一岁，武汉人。他肌肉紧实，皮肤黝黑。三天前，他回武汉处理房子，朋友听说他跑到河背山，说他疯了，不可理喻。从武汉到金寨县的国道，左杰开着车，一边抽烟一边说，其实没有那么复杂。1998年，他从武汉一所高中毕业，当了五年公交车司机，每天线路一成不变，他仍有心气，就辞职。家里介绍了当兵的机会，去广东湛江当海军。但最后，他还是决定留在武汉——说到这里时，他换上一副惋惜的语气——"人生的命运就是这样，一次决定做错了，一辈子就变了。"

后来，他在武汉电脑城卖电脑，开饭店，然后去电力公司给老板当助理，一干就是十年。公司应酬多，他酒量不行，经常喝到去厕所吐，回来再接着喝。过节时，他去给客户送礼，有时一条烟，有时一箱茅台，有时是一整只羊。项目的开启总需要人情维护，他是负责维护的那个人，点头哈腰，曲意逢迎。"有时候觉得我像个奴才。"

又因为一些原因，他在结婚三年后离婚了。

2020年初，新冠流行后，电力公司没了生意。此后半年，他和母亲一起待在武汉，没事干，在家里打末日生存类游戏。他开始重新审视自己的生活。年轻的时候,他当然希望过得好。什么是过得好呢,就是赚更多的钱,有些成就,然后买房,婚后也想过要小孩,过最普通的生活。现在没这念想了。至于工作,在电力公司继续做下去,也不会有变化。如果说有什么理想的职业,他最想当的是动物园园长。不过朋友听了,总说他不切实际,说谁不是做份普普通通的工作活一辈子呢?

现在,他很坚决。城市生活过了二十来年,他觉得没有任何追求。还是换种生活方式吧,必须得上路,再不上路,一定后悔。他辞掉了工作。

他搜到一个叫"隐居吧"的论坛,注册了账号。他不知道哪里有合适的隐居地,在出售农村房产的网站"土流网"和贴吧里寻找合适的房子。他去了重庆,又到广东惠州,看上的地都被租走了,连一块七亩的鱼田都没幸免,还有一个云南的中介说,这里地贵,最好别来。

因此,来到河背山时,他决定停在这里。"没有人打扰你,你才能真正得到快乐。"他说。他在隐居吧里更新着隐居生活。

房子背后是座山,有人养了一大群羊。晴天,成群的山羊散落在草丛里,一半白,一半黑。头羊身上挂着金黄铃铛,走过去叮当响。羊四处跳跃,或安静吃草。左杰戴着草帽行走其中,狗紧随身后。大朵的云如海浪在天上飘。往前是棵古树,三个人抱不拢,标牌上说是棵白果,树龄六百五十年。地上是踩碎的果子,空气里飘着苦味。狗陪在他身边,四处嗅,钻入草丛,偷咬狗尾草。

左杰喊了一声。狗很快跟了上来。

# 隐居吧

我关注这个群体已经有三年了：隐居者、避世者、躺平的人、逃走的人、躲起来的人，我试着找一个称谓概括他们，但每个词都不算准确。

左杰是我在"隐居吧"里遇见的其中一个人。最早是在2021年，我偶然关注到了"隐居吧"，百度的一个论坛。在隐居吧，最早的帖子发表在2005年，成员昵称为"隐士"，男性偏多，年龄主要在二十岁到五十岁。这是个相当活跃的网络社区，共有六十六万人关注，七百万条帖子，分享着各种形态的隐居生活：在山野上，在桥洞下，以及在路上。初看上去，隐士们的行动多少带点浪漫色彩，符合我对"采菊东篱下，悠然见南山"的古典想象，也贴合了流浪、避世这些更现代的精神图景。

当时我在一家杂志社工作，做过几年报道，关注社会新闻，观察当代人的生活方式。有一阵子，我相当痴迷隐居吧里的帖子。有人在此推荐隐居的去处，也有人详细记录了自己的隐居生活。当然，也不乏房产中介和骗子混迹其中。

有人为了寻找合适的海边隐居地，研究了中国的洋流规律，最后选择在山东省的乳山银滩买房隐居：

> 我隐居的地方是一个叫作乳山的小城市，大家口中的那个鬼城。2018年买了一个一百平左右的宅子，二手的，一楼，有花园的那种。有朋友要问了，"你一个\*\*，洋流跟你有啥关系？你也不捕鱼？"海大概可以分为黄水与蓝水，黄水的地方水丑且浑，滩涂淤泥多。蓝水的地方礁石多，沙滩沙质粗。比如青岛的海滩，多是粗沙，大连的海滩多是颗粒状，海岸线都多礁石分布。大城市，大连、青岛、威海，好的海滩地块开发度都高，像我这种城市废柴是没有机会的，就算有也是倾尽所有……最后我就选择了乳山。

这个人自己搭建了放杂物的仓房，仓房外装上太阳能电池板，做光伏发电系统，还打造了一座温室。

还有人觉得世界马上要开战，而像安徽淮南这样矿产枯竭、已经被大众遗忘的城市，将是未来最安全的地方。他以房子为中心探索附近废弃的矿区，寻找水源，取样带回，检测重金属含量。不仅如此，他在家中打造了一个储存仓库，放了六百个罐头、三十箱铁皮装压缩饼干、二十箱矿泉水、一桶油、二十五包盐、三瓶酱油、两瓶醋、八包大米。储物架上还放着各类抗生素和维生素。在卧室门后,他放了两把野猪矛、一把铁锹,床下还有一袋化肥,如果到了紧急的时刻,这些是他的武器:矛和铁锹用来防身和突围,化肥用来提纯硝做炸药。

贴吧里,很多内容连载几年了,配了图片。我坐在工位读这些故事,常常忍俊不禁。当时我在北京的金台夕照地铁站附近上班,CBD高楼林立,外立面闪着光。每到饭点,打扮精致、身着西服的人们鱼贯而出,挤满餐厅,吃一份绿叶子沙拉。街上是成排的共享单车,黄色的蓝色的,总是早晨整齐,到下午就倒成一片。不远处的新城国际小区象征着一种更为遥远的生活:双语国际幼儿园门口的长队,在草地上奔跑的外国小孩和边牧,卖碱水面包圈和肉桂苹果卷的面包店飘来香气。夜晚,无数个小小的格子间亮起灯,人行走在高楼的缝隙中,犹如置身海底,有时大雾弥漫,身旁则是飘浮着的光晕。

每次下班,我经过这所有的场景,随后来到金台夕照地铁站坐十号线——这是北京最拥挤的一条地铁线路,每天都有一百多万人被塞进狭窄的列车里。如果碰到晚高峰——通常是下午6点左右,天还没黑,我从门口开始排队,长长的队伍要折上好几回。进了地铁站,继续排队过安检,进入闸口再排队。运气好的话,等两趟就能挤上车了。站在屏蔽门前,我有时会想起一则旧闻:正是在晚高峰,一个女人在惠新西街南口站上车,却意外卡在屏蔽门和车门之间,列车启动后,她被夹着带走,随后掉下站台。我因想象中的恐惧放慢脚步，却被一股无形的力——后面的人流推上来。最终，我平安地挤进了车厢，寻找到一个角落。乘客们低着头，看着手机。因为站得太近，有时不得不窥看到他人的手机屏幕，短视频、玄幻小说、小红书……

那段时间，我的通勤乐趣就是看隐居吧。起初我爱看那些隐居日记，地铁信号不好，加载慢，我想象着隐居者在淮南的储物架，乳山空无一人的海滩，山路上颠簸的小车，音响里的都柏林乐队。到远方去。上路吧。无论如何，这些人在建设自己的生活。我明白这个贴吧为什么有人爱看了，它提供的是故事，也是寄托。在眼前这个如地铁般快速、如晚高峰车厢般拥挤、人人都要费力找到一块立足之地的时代，谁不会被那种将自己抛向无人之地的幻想吸引呢——原野，山峰，河流，还有一间自己一个人独占的房子。

在北京，我和朋友吃着饭，聊到房子。

朋友在南三环跟人合租，室友之间的了解就是租房软件上的介绍：性别/职业/星座。房子是两居，各自有密码锁。公共空间各享一半：冰箱三层，从第二层的中间隔开，上下一人一半。厕所里，牙刷、牙膏、手纸也保持距离。输密码，回房间，两个合租的人像两个影子进入各自的洞穴里。他们离得如此之近而又毫无联系。隔着墙，互相听见对方拿快递、上厕所，偶尔在厨房看见对方来不及收拾的碗筷。两年里，他们几乎没说过话。

"有时候真想离开北京啊。"朋友说。

那天我们吃饭排队接近一小时。坐在街边等位时，天光变暗，梧桐快落叶了。身后的餐馆人声鼎沸。看着大众点评上的套餐、优惠券、秒杀，我们接着聊起乏善可陈的工作，兴致寥寥。

谈论工作的意义似乎早就过时了，太热情了甚至显得傻。"工作就是工作。"这才是正确的态度。我们说起工作，说的是绩效和KPI，不是它的乐趣、意义和自我实现。当时仍在新冠流行期间，它更加剧了某种困顿感和停滞感。但我们其实也害怕真的停下——离开既定轨道，比如辞职了，之后还能找到下一份工作吗？就这样迟疑着，踌躇着，不满意想走，想走又不敢走。明明还"年轻"，按照教科书上的说法，这不应该正是踌躇满志的时候吗？

我聊起了隐居吧。"这些人说走就走了。"就像离群的羊，离开大路，走向了自己的小路。

我决定去见这些人，近距离观察他们。

我想知道，出走后，他们是不是真的得到了期许中的自由。

\* \* \*

也是在那段时间,我读到了美国人奈特的故事。奈特常年游荡在美国缅因州中部的树丛里,独自生活,没有地址,不和任何人接触。秋天他在营地囤积食物,冬天躲进帐篷,忍受缅因刺骨的寒风,直到冬雪融化。他这样生活了将近三十年,直到一次因偷盗被捕。

奈特的新闻在美国引起震动,人们很难相信有一个人致力于完全隔离自己。他被称作"北塘隐士"。记者迈克·芬克尔给奈特写信,去监狱中探访,后来写成《林中的陌生人》一书——

> 对于奈特来说,最美好的寂静来自夏末热浪来袭的星期三,那时几乎所有的度假屋都空无一人……夜深人静,他离开营地,一直步行,直到林子突然在眼前消失,湖水在他面前荡漾。他脱掉衣服,滑入水中。离水面最近的几英寸水,被太阳炙烤了一天,几乎跟洗澡水一样暖和。"我在水里舒展身体,"他说,"仰天平躺,望着那些星星。"

隐士到底是什么人呢?在书里,迈克·芬克尔将历史上的隐士分为三类:抗议者、朝圣者和研究者。

抗议者弃世,主要因为他们憎恶现实世界。朝圣者,即宗教隐居者,是人数最多的一个群体,总是试图走向精神觉醒,比如坐在菩提树下冥想的乔达摩·悉达多。研究者则是最现代的隐士,他们寻求独处,是为了找寻艺术的自由、科学的洞见或更深入地了解自我。许多作家、画家、哲学家都被归为这类隐士。比如作家塞林格,成名之后,为了躲避关注和喧嚣,他离开纽约市中心,搬到四百公里外一个宁静小镇上,从此深居简出。在中国历史上,陶渊明正是隐士的完美形象。

美国作家比尔·波特于20世纪80年代来到中国的终南山,想厘清经过一个世纪的革命和动荡后,中国还有没有隐士。波特的确遇见了一些信仰佛教和道教的出家人,他们在深山里度过了一生,衣食节俭,住茅屋,自行垦荒。后来波特写了《空谷幽兰》一书,引发了近二十年来中国人去终南山隐居的热潮。这些人不认同城市里的高压竞争,希望通过隐居来寻求内心的自由。

很长一段时间,隐居吧似乎将"在终南山上"这样田园牧歌式的生活奉为理想。在隐居吧的一些用户看来,隐居就是前往深山,有一个院子,几亩田地,远离城市的喧嚣,追寻精神的独立和自由。

就像前往河背山的左杰所说,"我向往这样的生活"。

但是,当我在隐居吧中逛得越多,我觉察到,"隐居"二字的含义越来越复杂。2019年或更早,"隐居吧"出现了一些年轻人,他们选择隐居,并非为某种宗教信仰或修行,动机只与现实密切相关:背井离乡,前往遥远的城市,买一套便宜的房子,不工作,蛰居在家,以极低的成本生活，又能享受到城镇生活的便利，比如水、电、网、暖气、物流。就像这样一种典型的声音——

"我就打算去鹤岗花三四万买套房，然后靠剩下的钱过了。"

鹤岗，这座城市首先引起了隐居吧里人们的关注。

2022年，中国城市的房子往往每平方米一万元上下——在北京，这个数字是四万（海淀、朝阳等地甚至每平方米九万），上海、深圳也差不多——在城市买房，往往意味着贷款，动辄几百万。年轻人买房等于交出人生的主动权：未来几十年运转于一场数字游戏般的任务，上班，赚钱，还房贷。但向往城市，就不得不挤上这条令人望而生畏的漫长轨道。

而在黑龙江鹤岗，房价低至三百五十元每平方米，一套四十六平方米的住房总价只需一万六千元。

很快就有人行动了起来。海员李海在"隐居吧"和"流浪吧"中发帖记载了他前往鹤岗买房的故事，随后引起大量媒体关注：

> "我定下了一套七十七平的房，在六层顶楼，我立刻就签了合同，加上中介费、过户费，总共五万八搞定。我是做海员的，海上半年，休息半年，到哪儿都一样，最重要是有个安定地方。……这几个月我就在鹤岗躺尸。等到12月份，我就出去找船，再工

作半年,以后就打算夏天回鹤岗住,年底冬天出去干活。"(《流浪到鹤岗,我五万块买了套房》,正午故事,2019年11月4日)

隐居吧里的人发掘出更多相似的城市,内蒙古的伊图里河,辽宁的抚顺、阜新,山西长治,河南鹤壁,安徽淮南,云南个旧。这些城市多为重工业起家,曾重度依赖矿产,资源枯竭后,某些地段房价持续下跌,以至于三四万元买一套两室一厅成了事实。在贴吧里,最早一批去这些城市买房的人互称"老哥"。现实生活中,他们是海员、保安、流水线上的工人、建筑工、厨师、发电站的看门人、给仓库搬货的人,大多是体力劳动者。鹤岗、鹤壁、淮南、个旧成了他们口中的"流浪老哥基地"。

《隐居计划》
本人今年二十一岁,在激光切割厂里开机,工资在五千五百元左右,打算一个月存五千,存够三十个(万)就回家躺。

《在广州租了个一千的房子,熬到过年再说。》
工作这几年什么都没留下,只留了一身病。晚上无法睡觉,早上不想上班。身体红灯到极限。一直想逃离这样的生活,一直逃不出来。三十五岁,单身,城市老光棍，不结婚不交女朋友。等父母不在就回农村生活养老。真心不想在城市打工生活了。

《我也是半隐居状态》

二十八岁，在宁波慈溪这边当保安，每个月四千元工资，每天上班玩手机，下班就睡觉，已经持续一年。我才二十八岁，为什么就想要隐居呢？也许是我没文化，又内卷不过别人。又不愿意去工地出卖体力。还不愿意进厂。流水线跟坐牢一样。\*\*\*\*。无所谓了。不考虑结婚生孩子了，这种事情要让有能力的人去生，像我这种人，说难听点是废物，不能给国家创造价值的社会渣滓，就不要浪费社会资源了。

关于鹤岗买房的报道已经是网上的热搜话题。我想不如避开热点，先去个冷门的地方看看。我最初的兴趣地是河南鹤壁。在隐居吧，人们这样讨论鹤壁——有人说，鹤壁山城区的房子也只要三万多，还不像鹤岗那么寒冷。也有人说，鹤壁在京广线上，高铁去北京两个半小时，去郑州四十多分钟，去珠三角长三角都有车，在所有隐居地中，交通方便，进可攻，退可守。"如果在鹤壁隐居，你上午口袋没钱，下午就可以去首都送外卖了。"

有人建了一个去鹤壁买房的微信群，一百多人，都是隐居吧的常客。有人昵称就是"攒钱去鹤壁买房"。已经入住鹤壁的人在这里分享生活：怎么骑哈啰单车，怎么坐免费的公交，有饭店老板娘自己做的送饭小程序，鹤壁冬天经常断网，最好办个随身 Wi-Fi；暖气也必须提前办好，如果中途外出打工，最好提前停暖。经常有人将街上张贴的卖房广告拍下来发在群里。

除此之外，另外一个热门话题仍是赚钱。

有人会劝新来者去江苏而非河南的工厂，最好去"大厂"。否则，"小厂"的长白班都是一天十四小时起步。

有人分享了自己在郑州一家食品厂逃跑的经历。"我是第一次进厂。"他说得很详细，中介说每天只干九小时，活儿不重，他盘算起码能干三个月。他被分到前端面房，用机器把面切成六七斤的面坯，再推到醒发库。早上7点30分进车间，10点停机吃饭，10点40分再开机，做到下午4点，最后花半个小时清洁机器。第二天，下午下班，他决定不干了。

他在群里打出很长一段话：

"再干就废了。不是身体废了，而是思想。我觉得进入车间后，你只是颗螺丝，机器转，你也转，一刻不停。你没有言语，没有交流，没有休息，就是麻木地、无感情地跟着机器走。你稍停下就赶不上速度，主任班长立马过来监督呵斥，你只能不断地加快速度。下班后，吃了饭，走在灯红酒绿、车来车往的马路上，你也只是匆匆而过，你不会去商场闲转，不会去衣服店问价，不会进网吧打游戏，唯一的目标是那张床。唯一的消遣就是打开手机，刷一小时，然后入睡，再起床，洗洗，吃饭，进车间。"

有人劝他去工地。也有人对他的讲述不感兴趣。他的事情可能在大家眼里不算什么特别。

"换个话题吧。"有人说。

人们谈论着进入工厂和离开工厂，谈论着烟花厂、食品厂、服装厂、塑料厂、电子厂、娃娃厂，谈论着比亚迪、宁德时代、富士康。打螺丝，包装纸盒，钉牛仔裤的扣子，看管车床，做"小黄人"玩具，合上 iPhone 13 的手机后盖。

\* \* \*

王浩就在鹤壁买房群里，他也是隐居吧的一员。王浩三十四岁，一米七的个子，戴黑框眼镜，小眼睛，驼背，说话小声，给人一种退缩感，但谈到富士康，他有很多话要说。

这座超级工厂承担了苹果手机七成的生产任务，而它的四十四座中国园区，又以郑州园区为主力。2020 年，郑州富士康全年出口总额三百一十六亿美元，是中国最大的出口贸易公司。王浩的工作地是郑州富士康航空港厂区，简称港区。港区占地五百六十万平方米，相当于七百个足球场大。来到此地的人第一眼看到的是堪称浩瀚的人潮——最多同时有二十万人在这里上下班。庞大和渺小，这是富士康给王浩最直接的感受。

通常是在早上6点，王浩就从宿舍出发，站在富士康门口排队了。港区外，道路两侧的人步履匆匆，大部分都穿着白T恤，看着似乎都一样。他就走在这样的人流里。

厂房是栋白色的四层建筑，天花板上有一道道条形的白炽灯，入口是一面庞大的灰色格子储物箱。他换上衣服，进入流水线，岗位职责是给数控机床放料。他把这道工序讲得很详细：流程不难，那个机器是盒装样子的，里面有转盘和十来把圆锥形的铣刀，机器是数码操控的，他一般会搬来两斤重的金属块，让机器铣料。一块料用完再续一块。管子不断流出乳白色的切削液。味道很冲，戴着口罩也能闻到。最后用气枪冲洗雾化后的切削液。

一般来说，王浩上白班，上午8点到下午5点。但他必须主动把自己的时间投进这无止无休的机器。大多数时候他都在加班。"如果不加班，谁来富士康啊？"说到这时是带点玩笑的语气。

苹果发布新品时是王浩和同事最忙的时候。政策要求工人每周休息一天，但工厂有钻空子的办法。不打卡，线长手动记录工时，系统里显示是休息时间，生产线仍在运转。到了下班，停工音乐响起，工人停下来，生产线却在停歇后再次启动。所有人默认回到线上。在流水线，一个环节没完成，产品就无法抵达下一个环节。这是属于富士康的"休息方式"。上厕所通常给五分钟，王浩会躲在厕所里放空一会儿。

饭后，工人坐在走廊，刷手机，闲聊，躺着睡觉，都是一脸疲劳。每个人都要消磨到最后一刻，才愿意进厂房继续上班，几乎每日如此。

2010年，深圳富士康"十三连跳"。此后，郑州富士康厂区的窗外也装上了绳网。所有窗户封死，不锈钢通风管道呼呼作响。厂房二十四小时不熄灯，通宵照明。那段时间，王浩的时间感模糊了。他常常恍惚，分不清白天还是黑夜，也看不出晴天、阴天和雨天。

有时他觉得自己进入了一种恍惚状态，对外界的感知似乎在走向失控。他怕这样待下去精神就会出问题。

如果身体全然透支，人还能维持健康的精神吗？

似乎毫无可能。但时间久了，他似乎又放任自己接受这种下坠感。

这时，王浩在富士康已经待到第三年。他出生在河南中牟，老家的人种玉米小麦，那里是丘陵地形，没有河流，很少降雨。父亲下煤矿多年，有尘肺。母亲种地。王浩有两个哥哥和一个姐姐。他度过了平淡的青年时期，读农业大专，选了园林技术专业。他说其实什么都没学会。当富士康在新郑和中牟交界处落成新厂时，二十三岁的他很自然地坐上公交，去参加面试：

站成一排。

做几个深蹲。

伸直胳膊。

握几下拳头。

再抓几下拳头。

短袖遮不住的地方不能有文身、烟疤。

通过检查，王浩进入富士康，三年过去，他手上的物件变成 iPhone 4，iPhone 4s，iPhone 5。不过工资倒没变，还是得看加班时间。他背出一个公式："一个月扣除星期六、星期日，正常的工作日按照 21.75 天来算，底薪是 1850 元，除以 21.75，再除以 8 小时。我的一个小时就是 10 块钱（10.6321839 元）。"

头两年，王浩觉得，只要勤奋啦，努力啦，按部就班啦，像其他人说的那样，自己就能一步一步往上走。第三年，王浩当了线长。再往上——假如顺利的话，他可以当上个组长、科长什么的，更体面轻松，挣钱更多。不过很快他就明白了，线长是"夹心"，下面要管人，上面要拉关系，请组长喝酒、给组长送礼，帮组长代打卡，还有"义务加班"。你见过那种场景吗？科长和组长站在前面，线长站在后面，忍耐，听着。这种场景上演过许多次。

"他们骂什么？"

"我没法说，真的，我说不出来。"那是一些他没法转述的肮脏话。

两种选择：继续忍耐，或是等待希望渺茫的升职。

做线长一年后，王浩辞职了。离开富士康后，他和恋爱五年的女友分手。理由既现实也简单：他出不起郑州房子的首付。后来他再没谈过恋爱。他花了很长时间消化在富士康这三年，开始打零工度日，四处游荡，去了宁夏、河南的工地放电线，也在新疆照看过红枣地。这七八年，每攒一笔钱他就休息，一年选两个地方旅游。有时他也回富士康做临时工，组装苹果手机的屏幕和后盖。

"以前的人，有希望，有盼头，但是现在，你知道不管再怎么努力，也没有好的发展，你难免就不再想奋斗了。"他说。他觉得他的生活就这样了。

直到看到日本NHK电视台拍摄的"三和大神"纪录片，王浩似乎看见了一个新世界。"我的天哪，居然还有人过这种生活吗？我感觉我够颓废了，可他们竟然会去露宿街头。我再没钱都会找个宾馆，不可能去外边待一晚上。"

然后，他在手机上看到"花五万元去鹤岗买房"的新闻，随后入群。他看到了隐居吧，最终看到了鹤壁。他向富士康请假五天，从郑州坐高铁到了鹤壁，最快的一班，三十一分钟。

他跟着中介看了一天房。快到傍晚，他想到只是请假,还着急回去上班,就匆匆订下一套房子。五万块,六十平方米。两个月后他辞掉工作,来鹤壁装修了房子:灰色纹路的木地板,灰色瓷砖,深蓝色窗帘,海尔冰箱,五十五英寸液晶电视机,一张两米宽双人床,乳胶枕,还找人做了一床羽绒的被子,花了一千多。他第一次花这么多钱买被子。

装修完了,他什么也不干,凌晨睡觉,下午起床,一天吃一顿饭,去楼下菜市场买一瓶啤酒和几个小菜。醒来就打开电视,有时看电视剧,有时画画。他报了一个线上美术班,学素描、水彩、油画。还有拼图。他向我展示了那些拼图。宇宙、池塘、猫,把上千个碎片拼好。拼图时他什么也不想。

在一张拼图上,一个男孩骑着自行车,背对着世界,身后是辽阔的宇宙。

\* \* \*

直到这时,我仍然是站在一个遥远的地方观察这种生活。也因此,我和这些隐居者交流时经常遇到一些相似的回复:就聊到这里吧;谢谢你的关心,但我不想说;我的生活你也看到了,只是想做什么就做什么。还有——来隐居的人不正是因为有个不想谈论的过去吗?

诸如此类。我很快意识到,约隐居者见上两三面也许不难，但想有更多接触就容易碰壁。这也不难理解。如果乐于社交，他和她为什么还要躲起来？我渐渐明白，想探寻这个话题就得克服这些难题——如果想要弄清楚这些人性格和生活的细微之处，想找到他们离群索居的理由，就必须试着让他们更多袒露自己。这是个矛盾。

2021年7月，酷暑，我从北京坐高铁出发，两个半小时就到了鹤壁东站，比想象中近得多。到站是晚上9点，出租车穿过高铁站所在的淇滨新区，窗外是万达商业广场，也有标识着"阿里云""京东鹤壁"的科技园区。夜晚，霓虹灯牌上标语亮眼，"生态、活力、幸福之城"，是熟悉的城市景观。出租车司机三十岁上下，问我去老区干什么，还打趣说，那里的房子比墓地还便宜。

四十分钟后，我到了鹤壁老区，隐居吧里说的便宜房子就在这里。老区的中心是一尊毛泽东雕像，十条街道切分出四方的井格形布局。只要经过五条街，就能从南端走向北端。夜晚，街道冷清，我拉着行李箱走进酒店大门，第二天天亮，从酒店窗户望出去，黄蒙蒙的晨光笼罩着低矮的楼房。

中午，我在一家火锅店等待杨亮。他二十七岁，隐居吧的一员，从上海过来，在鹤壁买房后就没离开过，也不再工作。这是一家自助火锅店，三十元一位，来鹤壁隐居的人常来改善饮食，他也是常客。

火锅店不大，客人不多。一旁的不锈钢盆装着火腿、蔫了的蔬菜、银耳，没有肉。一个男人走进来。他身材微胖，小眼睛，寸头，肚腩显眼，穿黑色的紧身衣、牛仔裤和运动鞋。他坐在我对面，有些拘谨，不时用手抚摸下巴。脸有些憔悴，尤其是那双疲惫的眼睛——充满血丝，眼眶周边泛出淡淡的青色。来鹤壁生活后他昼夜颠倒，上网，通宵打游戏，看时事新闻。他一般睡到第二天中午才起来。

"如果我没告诉你，"杨亮换上一副认真的语气，"你能看出我之前是保安吗？"

他讲起来鹤壁之前的故事。他出生在江西上饶市的一个村子。父母离婚后，他和外公外婆一起住，读到初中时辍学。十八岁外出打工，第一站是江苏南通。但是，第一份工作——"我不想说，真的，说那干吗呢"——他起初不想多谈。过了一会儿他说，他原本打算靠亲戚，亲戚在菜市场里摆摊卖萝卜饼，他待了几天，觉得还不如自己找份工作。联系上中介后，对方推荐他进电子厂或者去建筑工地拧钢筋。他选了后者，每天工作十二个小时，戴着手套，把钢筋拧成承重墙的框架，再灌混凝土。那个夏天很热，很晒。他对当时的疲倦记忆犹新。"你下了班以后就什么事都不想了，只想睡觉。"

后来他决定去上海看看，也许大城市资源多。他在58同城、赶集网上找到很多机会：会展咨询员、敲excel的文员、平安保险销售。这些工作"做六休一"，休息的那天他做兼职，游戏代练，打《英雄联盟》，有时去办婚宴的五星级酒店做临时服务生，提前换上制服，给客人们上菜，端盘子。他记得制服虽然看着干净，袖口和胳肢窝却沾满污渍。酒店在上海最繁华的地方，他住闵行，离得远，下班总是赶不上地铁，骑车回家要两个小时。

算上兼职，他一个月可以挣七千元。这是干满一周不休息的收入上限。最后，他去一家淘宝店做客服，有一阵负责客服部，手下管四个人。他一直拿四五千的工资，直到店铺生意不行，他就辞职了。

他很快意识到一切都在重复。不同的工作只是看上去不同，说到底没区别。最初的热情渐渐消退，他开始在上海尝试短暂"隐居"：不工作，不出门社交，住在月租五百的四人宿舍，下楼吃便餐，回来打《刺客信条》和《文明》。他也喜欢上了日本动漫，比如《火影忍者》《进击的巨人》。现实生活充满谎言，真假难以辨认，他觉得动漫反倒更真实。《火影忍者》里，他最喜欢的角色是李。那部动漫里的其他人不是天赋异禀，就是出身不凡，李是剧里唯一的普通人。

他觉得自己可能欠点运气，上升机会不多，不如干脆找一份轻松点的工作，就去了一家航空公司做保安，每月工资五千。新工作符合预期，不难，没压力，不痛不痒，波澜不惊，房屋漏水都算一件大事儿。2019年底，他看到了有人在鹤岗五万买房的新闻。他动心了，在网上看到了隐居吧，看到河南鹤壁。他开始计划隐居，决定攒到三十万就辞职。

保安工作第三年，他和领导吵了一架。那是件小事，保安队长占了他的网线。但他不想再这样低声下气地和人打交道，又觉得已经攒到十万块，至少够待一阵子了。

吃完饭，我请杨亮带我去家里看看。他说还有个室友，因此不便让我进入。那个室友每月付三百房租，住客卧，待在房间打游戏的时间比他还长。但他说可以去楼下看看。我们沿着鹤壁老区的街道往前走。走到长风路，经过一片灰色的楼房，墙面爬满枯萎的爬山虎，有的玻璃窗碎了，看进去黑漆漆的。地图上这块区域没有名字，当地人叫这里"小角楼"。楼群中有块空地，蔓延着杂乱的野草、玉米秧和南瓜藤。有老人推着摇篮车，或者坐在竹椅上乘凉。不远处火车呼啸而过。

他站在一栋楼房前。就是这里了，他说，他的"隐居地"就在顶层。抬头，往上看，麻雀飞过，天色灰黄。

大多数时间他就待在那间房子。之后他发视频介绍了他的日常，偶尔出门去菜市场买菜，做一次饭吃两天。后来办法更简单：网购成品料理包，雪菜毛豆肉丝、巴西烤肉或者香辣鸡杂，一袋能吃一天，这样每天生活成本约五块。厨房有一桶大米、一箱大碗面、二十四罐梅林午餐肉罐头、八十包压缩饼干，还有一些固体酒精。这是储备物资，轻易不动。看到东北拉闸限民用电的新闻，他买了发电机，两块太阳能发电板，装在楼顶。河南发生暴雨，他又连夜买了皮划艇和一套救生衣。做好哪里也不去的准备。台风也好，暴雨也好，做足预案，只为坚守在这所房子。

"你现在觉得鹤壁的生活怎么样？"

"没那么好，但也不坏。"他说。

"一个人的生活真爽啊，根本不用考虑别人。"不过他还是喜欢在网上这样分享生活。最近他买来一只橘猫。他吃速成料理包，还是惦记着给猫买猫粮，喂驱虫药，去菜市场买鸡胸肉水煮给猫吃，又买来一台二手自动猫砂盆。来鹤壁一年，猫胖了，他也一样。猫在水泥地上打滚、伸懒腰、睡觉。冬天，鹤壁老区时常停电。这时能陪他打发时间的只剩猫了。

老城区的地王广场里，服装店正在促销。甩卖，甩卖，最后一天！有人牵着一头梅花鹿，鹿脖子上挂着金黄色的铃铛。胆大的女孩上前摸鹿。鹿耳朵颤了颤。再往前走，我们又到了那尊毛泽东雕像。两个老人穿过马路，双手合十，在雕像下鞠躬。离开城中心，街上人少了许多。路边有座荒废的房子，大门敞开，油漆剥落。

继续往前走。杨亮聊到以前的恋爱经历。说到和女孩的相处，他总是回避我的目光。他说起在上海时尝试追过两个女孩，都失败了。来鹤壁前半年，带着最后试一把的想法，他在网上发帖，说要在上海有偿找个女朋友——他声称有十来个女孩应征。

"我当时选了三个，一个学民族舞的女孩，一个正在上大三，还有一个年纪比我大。我当时在航空公司做保安，然后在工作单位附近，上海青浦区比较偏的地方租了一间房，租金一千六一个月。她们先后搬过来。"

"你知道她们的名字吗？"

"我不知道，我只喊她们'喂'。"

在他的描述中，女孩对他很亲近。

"你当时和她们一起干了什么？"

"去城隍庙坐了邮轮，吃五百元的海鲜自助餐，还一起去上海迪士尼乐园。"他说那是他第一次去迪士尼乐园，好在不是节假日，人不算太多。

她们不知道他的真实身份。他只说自己在一家航空公司上班。"我从来没说我是一名保安，怎么能告诉她们实话？"

关系很快结束了，花去不少积蓄。他提供的聊天记录证实了其中一段经历。他认为绝大多数人生活的最终目标就是结婚生子，他自己也是。他信奉金钱在婚恋里的主导作用。来到鹤壁后，他将更多时间花在网络上，为热点事件发表看法，与人争执，似乎成了一个躲在网络后面的人。

我几次和杨亮交流，聊到有关游戏里的逃跑，现实中的逃跑。眼下积蓄还够他在鹤壁待半年，之后呢，他知道可能还是得回上海打工。攒到三十万，他就打算隐居一辈子。再往后,他不愿再出门跟我交流了,理由是外面太热,他又是个宅男。

告别杨亮后,我一个人在鹤壁走。离开老区中心,往边缘去,看见一些老旧的厂房,金属管道,封闭的园区,废弃的澡堂,篮球场。早年鹤壁共有十一个矿区,现在已废弃一半。有个矿区被砖墙包围着,一对夫妻看守。我去那里看了看。黑狗叫个不停,鸡关在笼子里,地面泥泞。一座高四层的红色砖楼从中间裂开,藤蔓伸出来,楼房周围是树木、灌木、苔藓、爬山虎。矿井口被封住了,但还是有枝红色的蔷薇从泥土里钻出来。继续往深处走,一座黄黑色的小山,罩着绿色纺织布,底下堆着细碎的煤铅石。我爬上去。空中弥漫着金属的味道。

我想着此前在隐居吧里看到的这些人的生活,这些短暂的一瞥,短暂的交谈,模糊的身影。如果试图回答最初的疑问,那么,我应该走到这种生活当中去。

后来,我去到了鹤岗。

# 第二部分

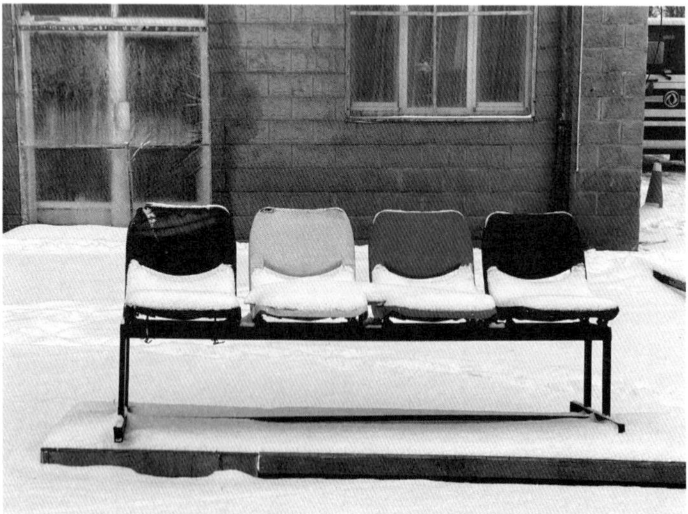

# 一通电话

有一段时间,我很少想到隐居生活的事。那是在2022年的春夏之交,为了应对可能的变化,我和许多人一样,尽力准备物资。我在网上看新闻,搜寻物资攻略,忙于购买番茄罐头、梅林午餐肉、豆豉鲮鱼,还买了一些不易腐烂的肉类制品,比如腊鸡、腊鱼。主食不能少,意大利面、大米,蔬菜则是冷冻的青豆和玉米。还有人说需要备好布洛芬、阿莫西林、纸巾、卫生巾。最受欢迎的东西是可口可乐。时间难熬。我每天给龟背竹浇水,翻土,把根部拨出来,又种回去,黑色的炭泥撒在地上,我再一点点清扫干净。我的勤奋最终导致了两盆龟背竹的死亡。

5月,我迫不及待想出门走走。朋友小吴介绍了一对情侣,刘晓和安曼。两人都二十多岁,原来在北京工作,后来,他们去了海南万宁一个村子生活。他们也乐意我过去看看。

我从北京来到万宁。刘晓开着一辆白色奇亚——安曼父亲留下的老车——到机场接我。我们一路越过高大的槟榔树和椰子树,水坝,墨绿的潭,然后来到一条小路。安曼的祖宅在路的半途。我住进一个房间。随后是海南雨季，接连下雨，天气变凉，安曼从柜子里找出一件带有雨水味道的大衣。他们养了一只金毛。狗无精打采，眼皮耷拉下来。院子里，甲壳虫被狗玩到奄奄一息。窗外青蛙和壁虎发出交错的响声。

刘晓之前在北京一家新媒体公司。安曼是编剧，因为行业萧条，她大半年没接到活儿了。来海南后，两人都闲着，靠此前的积蓄生活。我坐着他们的车到镇上买菜、拿快递、吃饭、去一家叫作"自由人"的台球俱乐部。台球厅空调很足，卖冰凉的柠檬茶。我们开车去万宁出名的日月湾，在海边坐着。有年轻人开着租来的敞篷车从我们面前经过。刘晓大声打出一个嗝，安曼咯咯笑。

每天早晚，我和他们一同去遛狗，田野里稻谷正香，空中有许多星星，没有月亮，树与树的缝隙间是一条河流。每隔约一刻钟就有一趟动车从高架上穿过，这时河上也会出现一道快速逝去的光亮。偶尔还能连着看到几只萤火虫，如同一些微弱的绿色火把。

不过，当我快待到月底——这对年轻的爱人来这里生活恰好快一年了——两人开始争吵不休。刘晓希望赶紧走，他说再没法忍受海南这无穷无尽的雨，无穷无尽的蜘蛛，还有会飞的蟑螂。他们不认识村子里的其他人。刘晓经常熬到天亮，去厕所冲一个凉水澡，睡几个小时，下午醒来，在电视机前打足球游戏"FIFA"，三天喝掉一瓶三十元的劣质白兰地。安曼买来几瓶指甲油,没人和她说话,她坐在桌前,把指甲涂成暗淡的绿色或肉粉色。钱快花完,作息混乱,似乎一切都无所谓了,有时,他们甚至一天只吃一杯泡面。安曼经常想,怎么变成了这样?

两人原打算搬去上海,重新找工作,继续在大城市里生活。但这项计划被一再推迟。有阵子真是难熬。客厅里风扇发出沉闷的转动声,狗不知道去哪了。两人默不作声,等待对方开口说话。再到后来,他们决定分开,一个回到北京,一个去了昆明。

我也不得不结束这趟旅途,回到北京。当时新冠还在流行,生活还没回到正常秩序,人们对时间的感受仍然模糊不清。我决定搬家,跟着租房中介看了很多大同小异的老房子,多建造于九十年代,砖红色外墙,种着高大的白桦。有些房子被纳入了新的租房体系:统一的密码锁,统一装修,淡黄或天蓝的墙漆,二层格档的书桌,白色的书柜,白色的床,床头是一幅油画装饰。

我最终租下一个十来平方米的小房间。房子两室一厅,新室友是对年轻情侣,女生在一家教育公司做动画设计,男生在国企。之前在"自如"租房软件的界面上,我看到这样的介绍:男/女,狮子座,动画设计行业。两人像是勤勉、朴素的那类年轻人。第一次在门口见面,男生对我说,女生是河南人,他是河北唐山人。

"不过,我现在有了北京的户口。"他说,"只是没有房。"

我后来和他们交谈不多。男生去深圳出差,离开了很长一段时间。女生两个月后经历公司裁员,每日待在家里。她说暂时打算在家里待着,练习画画,再考虑未来的事情。同样,我们维持着合租者应有的边界感。我的房间挨着厨房,她煮面条,我就待在房间,她端着面条回去,我出来煮水饺,等我回到房间,她再出来打开洗衣机。隔着墙,滚筒的声音微微轰鸣。秋天来了,天凉了,桦树叶子簌簌作响。可能是墙壁老化,窗沿长出一圈黄色的泡沫状黏菌,看起来还在生长。街上人很少,我也不太出门,商场越来越空旷。人们都在等待新冠的结束。

就在这时,我在网上看见一个消息。那是个女生,年纪大约在二十六岁。她从南京出发来到鹤岗,用一万五千元买下一套四十平方米的房子。那原来是间老房子,木头门框都已腐坏。但现在房子焕然一新,她把整间房漆成白色:墙壁、桌子、电脑椅、柜子、厨房台面、阳台,连扫把和猫爬架也是白的。一只暹罗猫趴在墙下。她还在阳台上装了一道拱门。印象里,这是我第一次看到有关鹤岗隐居的新闻里出现女性。我有点好奇,躺在床上,看完了她所有的视频。

女生说,她自己设计了整间房子。她反复强调"一个人""独居":

> 因为房子小,我选择拆墙,卫生间本来想加玻璃

隔断，后来觉得太拥挤，决定不做干湿分离，反正不会出现一个人上厕所，一个人洗澡的情况——毕竟我独居；

卫生间装全透明玻璃门，不考虑磨砂，我想在洗澡上厕所时还可以隔着门看见我们家猫；

一个人吃饭，不需要太大的餐桌，所以，我在卧室和厨房中间建了一个拱形半墙，上面放台面当餐桌吃饭。

一个人吃饭、一个人睡觉、一个人居住。她还有五只猫——一只狸花、一只暹罗、一只橘猫、两只布偶。房子前后的对比图让我印象深刻。这种简约的北欧风格吸引了不少人，我也跟着开始想象拥有一套房子的感觉。在北京这当然很难，或许，我想象着，我也可以模仿她。这是我第一次产生去鹤岗买房的冲动。我试着联系她。两天后，女生回复我：可以聊聊，但只能电话。她说长年独居，上次和人见面还是在好几年前。我不知道这句话的真实性。生活在城市里，一个人真能完全脱离人群吗？

我拨通了电话。那是个很年轻的女声。

"你好。"

"你好。"

"请向我介绍一下你吧。"

"南京人，出生于1996年。"

"你现在的生活是什么样子?"

"待在家里画画,赚钱。我不太出门。"

尽管此前我已见过一些选择蛰居生活的人,女孩描述的生活依然有其特别之处。她平常的生活必需品依靠外卖和快递。之前两三年,她在安徽租公寓,房租一个月六百块。她通常每月出门一次。那天出门透气,一般会选择傍晚,绕着一条固定线路散步,从小区周边走到超市,路上戴耳机听重金属摇滚乐。现在,她来到鹤岗买房,维系着此前的生活节奏,每天中午起来,做饭,下午打扫一遍屋子,开始画画,陪五只猫,烘焙,做饭——厨具都是白色的,砧板、刀、调味罐、烤箱、打蛋器,优雅整洁。她烤着蔓越莓奶油面包和草莓蛋糕,跟《蜡笔小新》学做奶油炖菜。还是每月出门一次。

我在电话里想象她的生活。如果她说的都是真的——在一个独属于自己的纯白的屋子里,过着干净的、秩序井然的生活,但门外则是另一个陌生世界——一个初来乍到的陌生城市。

"遇到过人口普查吗?"

"遇到一次,然后我也没开门,让他隔着门给我做的人口普查。"

多数时间,女生很安静,等待我的提问。话筒对面的声音很轻,有时显得虚弱。她说刚来鹤岗,还不会用新买的热水器,洗了冷水澡,感冒了。又到周三了吗?她不清楚时间，她说，因为长期在家，感觉不到时间的变化。

谈到自己时，她频繁使用"普通"：读着普通的学校，学的普通的专业，普通的外貌，普通的体形。"非常普通，不胖不瘦，那种在人群中找不到的类型。"如果说有什么特别的，还是她的生活方式。

"我没有朋友，没有家人，没有亲戚，没有同事，没有老板。"电话中她笑了笑，停下来。

她决心离开南京，来到鹤岗。"到鹤岗，走进去的那一刻，我想我终于有了自己的房子，好像，以后的生活就终于自由了。"她以一种自豪的语气介绍鹤岗：超市便捷，还有自助收银，城市很大，还有好吃的喜家德水饺。她打算未来存一些钱，再在鹤岗换一套更大的、带电梯的房子。在网上更新生活日记时，有人给她留言：鹤岗医疗很差，教育也不好，没有山姆超市，也没有盒马鲜生。"房价已经是这里最大的优势，为什么要拿二线的条件来与鹤岗比呢？"她说。

她暂时不考虑去大城市生活。"我不想过那么有压力的生活，我想摆烂，我想过轻松的生活，我想开启 easy 模式，反正我没有那么高的物欲，不需要星巴克，不需要奢侈品之类的。"电话的最后，她说，如果必须做和人打交道的工作，面包店服务员是个不错的选择——待在家里多舒服，为什么要去自讨苦吃？

比起男性，去一个偏远的地方独自生活，对女性来说往往困难更多，比如安全问题。我继续在网上搜索，又看到更多只身去了鹤岗的女性。我判断，鹤岗已经形成一些小规模的新群体，女性在其中已经不是少数。

我决定去鹤岗。一方面，我想继续观察这类隐居生活，那么鹤岗始终是个绕不开的地方；更重要的是，我自己也想去待一阵试试，看看我能不能像这些女生一样，也在那里生活一段时间。

出发前，我看到了她的新闻——

> 近日，一条"女子逃离大城市去鹤岗全款一万五千元买房"的消息引发网友关注，黑龙江鹤岗又一次因为低房价登上微博热搜。当事人赵女士表示，今年二十五岁，职业是画师，原本在南京租房工作，觉得生活压力比较大，了解到鹤岗的生活成本较低后，便去鹤岗买房安家。最让她意外的是，每月只花一千元就能请到保姆，生活质量有了极大提升。据了解，她的工作完全在线上进行。目前，她十分满意自己这次移居决定。(2022年10月21日，《每日经济新闻》)

到了晚上，她的故事已经被大面积传播了，微博、小红书、抖音，各种热搜。短视频、快讯、播客，各种自媒体，都在讨论她。

女子花一万五在鹤岗全款买房，回应来了

在黑龙江鹤岗一万五买套房上热搜！当事人：宅家画画收入过万

一万五在鹤岗全款买房，本想躺平却意外开启幸福生活

沸腾的议论里，她似乎成了移居鹤岗的标志性人物。我问她什么感受，她说她打算躲起来，等这阵喧嚣过去。不久后，鹤岗市住建局的人找到她的地址，敲开门——带着大米，香菇，土特产，问她需不需要帮助。她说谢谢，但没什么要帮助的。透过猫眼，她看着他们翻修了门外的楼道。他们希望她多多宣传这座城市，宣传它对年轻人的友好，宣传它宜居，介绍这座城市正在寻求转型。

但这个女生并不打算趁这些关注度多做什么，她再也没有接受过采访，我也最终没能见到她。那段时间过后，她消失在公众视野，依然拒绝一切访问。后来，我去到鹤岗，走在她提起过的街道，路过那些柳树，有时看着楼房里的窗户，仍然会想到那天晚上的那通电话。

# 雪城

当我写这本书时，想起鹤岗，我首先想起的仍是那里的雪和那里的冷。不同于南方，鹤岗的雪蓬松、干燥。最初一两场，雪飘落在街道、屋顶、草地、车窗。雪在路灯下发亮。随后几天，雪慢慢融化。直到一场大雪——用当地人话说——雪"站"住了，此后鹤岗就将一直笼罩在白雪之下。雪逐渐增大，变得残暴，如龙卷风，城市严阵以待，连续的预警，铲雪车、挖机、警车四处劳作，将道路上的雪推到一旁。风中刮起烟雾一样的雪，漫天蔽日。平静时，雪又变得顽固，僵硬，冻住狗屎、烟蒂、人的脚印。街上，人们穿加厚的羽绒服、羽绒棉裤，戴防风口罩，但还是没一会儿就冻得身上疼。随着呼吸，睫毛、鼻孔、口罩里都结上一层薄霜。

这是一座与雪共生的城市。雪成为人们的度量衡，承担人们的欣喜、担忧与烦闷。伴随雪来的是如梦一般短的白日。下午3点，太阳落下，城市就陷入沉寂。这里似乎天然适合过上穴居的生活——正如来到鹤岗的年轻人所选择的生活。

2022年10月底,我从北京出发,带着一件短款羽绒服,两件毛衣,坐上前往黑龙江的飞机。鹤岗在黑龙江省北部,约有八十九万人口。网上能找到这些描述鹤岗的话:"地方政府财政重整"——2021年12月,鹤岗市政府公布取消招聘政府基层工作人员计划,理由为财政重整;"人口流失"——2013年至2021年,鹤岗市区人口减少幅度达17.12%;"资源枯竭"——2011年,鹤岗被中国政府列入第三批二十五座资源枯竭型城市的名单。看多了这些,人们很难不产生这个印象:鹤岗,一个寒冷且遥远的边陲之地。它与俄罗斯隔江相望,没有直达的火车、高铁或飞机,多数去鹤岗的人往往选择在哈尔滨或佳木斯中转。

我飞到佳木斯,拼车到鹤岗,在高速路"南风井"卡口排队、登记信息,看着运送成团草料的大卡车来往,再坐车来到市区。旅途漫长,徒增疲惫,那会儿想去中国哪里都不容易。电话里,一个女人要求我到鹤岗之后得居家隔离。不许点外卖,她说,当然了,你可以吊根绳子,从窗外把外卖拿进来。

最终我在网上找了一间民宿,租金一百元一天,包月一千五,装备齐全,拎包入住。相比这里的房价,民宿的价格算昂贵。后来我才得知,如果有耐心的话,也能在鹤岗找到三千元租半年或一年的房子,但得自己在城里找那些挂着"出租"纸片的房东,打电话就行,至少半年起租，自带家居用品。

站在楼下，我环顾四周，手心冒汗：黑暗，没有声音，没有常见的电视声、人的交谈声，安静得只能听见自己的呼吸，还有风。小区没有边界，几栋居民楼排在一起，暗淡的月光下，就像西北被风蚀过的石头堡垒。一棵柳树随风婆娑摇摆，居民门前，摄像头闪了一下白光，又暗下来。晚上8点，几乎没有窗户亮灯。我不知道那些楼房里是不是真的还住着人。

后来，我认识了一个在鹤岗生活的女孩。她和我说的第一句话，就是推荐我去买个手电筒。

"鹤岗很多地方都没灯。"她说。她发来一个商品链接。"一块五毛二，便携式迷你工作灯，强光。"

单元楼没锁，我在黑暗中摸索上楼。打开手机照明，墙上盖满了"有证开锁"的红章，一些纸条写道，"由于不清楚户主是谁，给执行防疫政策带来了一定困难。请尽快联系"。也许这些房子已经空置了。这是片棚改区，正是网上最常流传的那些便宜房子，两三万就能买一套顶层的。我输入密码。屋子里干燥、暖和。10月底，鹤岗已通上暖气。民宿是个开间，铺了大理石瓷砖，摆着沙发、茶几。打开水龙头，水有股隐约的锈味。窗外还是一片黑暗，有时传来远处的火车汽笛声。

隔天，天亮得早，我开始隔离生活，无聊时望向窗外。楼房都很像，橙黄色的外皮，六层楼高，一楼不锈钢阳台上挂着歪歪斜斜的金属"福"字。草地上有少量的雪。远处还是长得一样的回迁房，只是颜色不同：墨绿色、米色、白色，整齐排列的窗口就像积木。到了白天，人们走出家门。中年人，老年人，牵着狗，提着菜，戴着口罩。他们彼此点头，在寒冷的空中呼出热气。楼与楼的间隙很大，很空旷，一些家具被遗弃在单元楼门前，灰色布沙发，生锈的金属座椅。

我开始在网上寻找来鹤岗买房生活的人。我加入一个鹤岗的微信群聊，里头有两百多个从外地过来买房生活的人。线上群聊几乎每分钟都有人说话。一个女生说她开网店，用线上虚拟币交易。她的对白也很简单，"我不出门"。另一个女生，二十五岁，住在南边的"大陆南"小区，她是网络小说写手，最近一边写小说，一边帮人装修。一个女生画漫画，住在松鹤小区，和另一个女生相约晚上一起喝鸡汤，看恐怖片《乡村老屋》。一个女人从佛山过来，带着孩子。群里也讨论外界对鹤岗的关注。随着报道越来越多，一些人将备注改成"不在鹤岗"。

有人不断分享近期的新闻链接：

> "鹤岗不是北欧""鹤岗不是乌托邦""去鹤岗躺平，无非又是骗你去买房""2022年新骗局：去鹤岗买房躺平""五万卖房热潮过后，鹤岗再次沦为鬼城""鹤岗会重生吗？"

人们对此有不同的看法。有人认为，低廉的房价将源源不断地吸引年轻人来到鹤岗，从而形成新的活力。

但另一个人说，人们在城市里购房，购买的只是那一套简单的钢筋水泥么？

他接着说，不，人们购买的是希望。"房价走低不可能带来希望。没有希望，这里的房价才会走低。"

还有一个男生说，无论外边说什么，他都要去鹤岗。他来自河北涿州，原来在保定一家直播运营公司做商业代播，但公司快倒闭了，他打算辞职，然后去鹤岗。"我像块橡皮，每天都在消磨。"

他写道：

> 感觉鹤岗就是那个样子
> 天黑以后就没有什么生活了
> 每个人都在自己的房子里待着
> 等待天亮

\* \* \*

我决定等喧嚣过去。隔离完，我重新在网上找房子。最初那套民宿过于偏僻，夜路令人心生恐惧。我搜到九州松鹤，一个庞大的回迁房小区，位于鹤岗中心偏南地带，区分楼房的标牌从 A 组一直到 G 组。它交通方便，挨着一间大超市，还有一条宽敞的道路，两侧遍布餐馆。小区没有边界，所有人都能通行。楼房十来层高，线条简洁的粉色立方体建筑，裸露在外的阳台凸显出来，印着"保温"。在九州松鹤，顶楼的房子也是三万到五万元左右。鹤岗刚出名时，房产中介经常向外地购房者推荐这里。群里就有不少人买了九州松鹤的房子。他们另一个选择是处在更南边的兴安台，那里以一个马路转盘为中心，周围的"大陆南""松鹤 B""滨河南""光宇"都是回迁房小区。

我重新租的房子在九州松鹤一栋楼的四层。房东是鹤岗一名年轻的警察。他说，鹤岗的人们大多有两份工作——一份体制内，一份体制外。他和朋友开车将我在隔离期间购买的食物送过来，留下一箱矿泉水。和许多地方一样，这是楼梯房，楼道很老，剥落的油漆呈现鱼鳞般的纹路。有房门敞开，老人坐在室内，耷拉着眼皮，漫不经心地瞥向门外。楼和楼缝隙很窄。我的房子还是一个开间，一面墙隔开客厅和卧室，刷了简单的白漆。厨房在阳台，总能看见对面住户正在做的晚餐。墙壁很薄，不时传来过路人的脚步声。

外界看来鹤岗是个偏远之地，但身处其中，我很快确认，它依然按照一个城市的节奏运转。这也许可以解释，比起鹤壁、淮南，同样房价低廉，为什么来鹤岗的人最多。人们依然需要城市感。这里外卖便捷：麻辣烫、麻辣拌、手撕鸡架、鹤岗小串、喜家德水饺。楼下的大商场，虽然蔬菜种类不多，但网购可以弥补这个缺陷。一个女生说，她时常线上购买鲜嫩的豌豆尖。其余与大城市没什么区别，鲜肉、冻鸡翅、冻鱼、蜜瓜、活着的大闸蟹。附近有包子店、韩国拌饭，水果店卖黑色的冻梨，路边还有冻带鱼摊位。等下大雪，店铺时而关门，那阵子得靠自己储备食物和水。没人用线上打车软件，人们坐公交，或伸手拦出租车。出租车很多。当地人说，一些煤矿倒闭后，工人都转型开出租了。

鹤岗的马路上种着松树、柳树和白杨，各个城区都有一两家鹤岗本地的连锁商超"比优特"或是"一百家"。城市中心的"比优特时代广场"——"B.U.T TIMES PLAZA"——负一层的餐饮中心人声喧哗。人们谈论到鹤岗的种种好处。在人民广场，一名老人说，年轻人在外打工，房租又高，攒不到钱，为什么不回鹤岗呢？他是名老矿工，在鹤岗煤矿待了四十年。他列举旧时煤矿优渥的收入，集体宿舍，集体医院，集体学校。但他的孩子还是在哈尔滨生活。另一个老人指向远处一座高楼，你看，这样的房子，也才十万元一套。街边一对卖炒冷面的中午夫妻说这里节奏缓慢，生活也惬意。从前，人们爱说这是座鬼城，说这里已经被抛弃了。但现在，网上的关注让人们开始改变对这座城市的叙事。

这里娱乐生活虽然不够丰富，但也存在，剧本杀馆、桌游馆，都是年轻人爱去的时髦场所，还有三家酒吧，分别叫"Everything To Life""Always Welcome Bar""DH"，来自同一个商人的决定。"Everything To Life"在一家卡拉OK的一楼，霓虹灯流光溢彩。年轻人在台上唱歌，舞台上装饰着黄色的气球，还有写着"Caution！"（注意！）的彩带。歌声震耳欲聋。门前是一道铁路，晚上8点，拉煤的火车轰隆而过。

有家叫作"奥斯卡"的夜店很时髦，但人不多。年轻的服务员端来带黄色霓虹灯的酒塔。9点后，迪厅放出干冰，昏沉的暗紫色灯光闪烁着。有对驻唱歌手，一男一女，在台上唱《红色高跟鞋》《被伤过的心还可以爱谁》。三个年轻女人登台，她们穿着贴身短裙，跳舞，漫不经心。

后来的日子，我接触到的就是这样一个仍在呼吸、生活缓慢行进的鹤岗。鹤伊公路旁有一家能打实枪的谕霖靶场。许多人会在五号水库那儿钓鱼。郊区有两间马场，鹤岗中产家庭常会在那儿度过亲子周末。鹤岗与伊春交界的地方有一家滑雪场，隆冬之际，一些年轻人会去滑雪，夏天则会露营。人们也可以在鹤岗的电影院里看到卡梅隆的新片《阿凡达：水之道》。许多地方都有公园，高大茂密的树林、清澈的人工湖、游走的水鸭。冬天，公园被白雪覆盖，层层叠叠。鹤岗正试图利用丰富的森林资源来打造新的城市招牌。主干道上有这样一句话——"鹤岗市森林公园欢迎您"。

在人民广场,正在读初中的男生说他想考哈尔滨的高中。在精酿啤酒馆,两个中年女人正在讨论为孩子买套学区房,以及如何为高考进行相应的教育储备。但她们试图向我强调:鹤岗真的很难看见年轻人了。

为了打发时间,我找到一间爵士舞蹈工作室。店长是两个年轻女生,她们同样在体制内有份工作。我在那里认识了一个十八岁的男生。他出生在鹤岗,头发染成银色,跳舞时爱穿松垮的长袖和破洞牛仔裤。最近他在湖南长沙的酒吧里学会了打碟。我问他会不会去鹤岗本地的迪厅打碟,比如"奥斯卡"。"去那里会拉低我的档次。"他说。他的梦想是去北京当模特,或者做主播。

另一个二十五岁的女生说,她刚回鹤岗休息了一阵子,打算再过几天去杭州。她听说杭州的直播行业还有机会。此前,她在北京一家在线教育公司,随后经历裁员。她扎着马尾,戴副眼镜,身材瘦削。她仍然在谈论大城市的生活,比如怎么运营小红书账号。说起感情——她说会用一些互联网人常用的相亲平台,比如有个平台的简介写道:三百万互联网、金融、高校、公务员优秀青年聚集地。

"年龄大的男人,恨不得在两天内就把我的信息套完。他们只想搞清楚我到底想不想结婚,想不想生孩子。"她说。

她对未来的想象依然在大城市。她想去杭州买房，如果能攒足几百万。"无论如何，人还是要为自己的未来打算。"她觉得留在鹤岗没有未来。在本地的年轻人里，她的想法算是主流。

另有一个染着黄头发的男生，被他们称为富二代，家境不错，据称在鹤岗有四套房子——两套楼房、一套洋房、一套别墅。

我们去了一家马场。马场不大，在鹤岗北部的黎明屯，远处是荒山。老板是他的朋友。路上他说，鹤岗生活真是无聊啊，之前他买过水母、蝎子、蝾螈、观赏热带鱼、三只猫。除去猫，其余全死了。上个月，他在哈尔滨买下三辆卡丁车。他原本只是想买第一辆，老板问他要不要再买一辆，他同意了，接着又买了一辆，买，买，买。

"但没意思！"他大喊一声，踢了脚路上的石子。

他请我上车，一辆黑色SUV。从上车开始，他用力踩油门，踩刹车，每个动作都在加速。车在道路上高速漂移，我抓紧安全带。边开车他边说，他二十二岁，毕业后第一份工作是在鹤岗一个单位上班，每天坐在桌前等着收材料，五小时后下班。每月工资两千元，开车上班的油费花掉一千五百元。但他不愿放弃这份工作。家附近有一个研究所，他托人就能进去参观。

到远郊一片田野，我们最先看见一匹瘦削的骆驼，毛发灰白，正在吃草，神情警惕。再往里走，马圈在稀松的黄土上。黑色白色黄色的马挤作一团，靠近时才能觉察鬃毛下的热气。冬日，田埂荒芜，树林冷清。我们往前走，老板正坐在挖掘机当中清河沟的淤泥，机器轰鸣作响。那是个四十五岁的男人，光头，戴针织帽，有个"9999"结尾的手机号。他在一个学院工作，同时在外面开公司包工程。

老板下车。二人打过招呼，聊起工作，"富二代"开口说：你是什么编？

好一会儿我才理解"编"是指的什么——两人交流事业编、公务员编、市编、省编。老板提到如今日子不好过。男生又说："我们领导都说，能按时发工资已经不错了。"

老板说，他在这片马场投入三百来万。马场里有十匹马、两匹骆驼。马是他从哈尔滨跟车运来的，都是本地品种，玉石眼，两三万一匹，只有一匹矮脚的棕马是个洋货，叫Tony。他不太爱买外国品种，说那些马扛不住鹤岗的冬天。他还打算买孔雀、鱼。一只边牧乖巧地蹲在身边。据他说，之前离婚，"可把自己整糊涂了"，净身出户，原来爱玩车，买过路虎、奔驰、宝马，现在都卖掉了。他不指望能靠马场挣钱。不过在鹤岗做生意不容易，他提到一些受阻的经历。

"要赚钱还是得去南方啊。"老板说。"鹤岗太穷了，黑龙江倒数第一！"

我们站在温暖的房子里。屋外田野上有只落单的马。

那是老板的第一匹马，一匹棕色母马，被另一匹黑马踩瘸了。它只能独自待在马圈外，俯卧在地，吃身边干枯的玉米秆。老板说，马瘸就相当于被判死刑，治不好，只能慢慢饿死。

离开马场，男生和我坐上车，改道去鹤岗一个别墅区。他在鹤岗没有同龄的朋友——多数同龄人都离开了鹤岗。摩托是他的新爱好，但鹤岗骑摩托的人总共加起来不到二十人。他独自住在两百多平方米的别墅。男生说，好像没什么能带来长久的满足——无论是得到房子，得到工作，得到一辆卡丁车，一辆蹦蹦车，一张弓箭，三只猫，一只狗。别墅有四层，他在每个房间都放上智能音响，包括厕所浴缸前。在家时他总是和音响说话，命令音响放歌、拉开窗帘。三只猫被关在蓝色笼子里，很瘦，毛发稀疏。他打算将猫送给别人。

人们究竟想要什么？他也说不清。"待在鹤岗，没有人听我说话，也没有人需要我，每个人都有自己的事情。"毕业后这年，他从一百四十斤长到一百九十斤。别墅区点不到外卖，他就吃速冻的饺子。

鹤岗的人们或多或少都曾与煤矿相关。他的父亲依靠运煤起家，又在煤矿行业收缩前离开鹤岗，去外地开厂。男生说他选择留在鹤岗，因为外界变化太快，而他在鹤岗能轻松拥有一切。但即便如此，他也并不清楚会在鹤岗有什么样的未来。

未来——人们总说这里没有未来。过去已经远离。这座城市不再有太多煤的痕迹，街道上偶尔才会看见被遗弃的厂房和金属管道。

我去了鹤岗的博物馆和图书馆，想看看这里的过去。鹤岗产煤很早，能追溯到1918年。清代，作为"龙兴之地"的东北受到封禁，长期发展缓慢。清末东北解禁，政府推动官方采金，大量采金者和垦荒者涌入。民国初年，有人偶然在鹤岗石头河西岸发现煤苗，开启鹤岗长达百年的煤矿开采历史。虽然时有生产事故，但煤矿带来了繁盛和富足：第一个实现机械化的露天煤矿、第一对现代化采煤竖井、矿区文化宫影剧场的隆重集会、矿务局招待所、煤矿工人疗养院。媒体也记录过那时的兴盛：矿务局年年放鞭炮，两三个小时不停，人们裹着棉服出门看。街上，宾利、劳斯莱斯，8或6连号的车牌，呼啸而过。2012年，鹤岗的房价在繁荣中上涨，城区房价每平方米五千元，同年，鹤岗GDP达到峰值——三百五十三亿六千万元。

但由于煤矿接近枯竭，鹤岗在2011年被国务院列入第三批二十五座资源枯竭型城市的名单。2014年，年鉴里的一份政府报告写道，"即将过去的2014年，是我市矛盾凸显、困难叠加的一年，因宏观形势、产业结构和煤炭行业'双降'等影响，预计全年生产总值下降百分之十，固定资产投资下降百分之四十三。"

煤矿关停，拆迁，一些被改造成公园。有次，出租车司机带我来到矿山公园，我们来到路边，俯视着山坡对面巨大的露天矿坑，树木枯黄，斜坡上，灰色的矿层和雪交织在一起。底部的平地有辆黄色挖机，停着不动，像个景点。附近有家废弃的炸药厂，铁门露出一小道缝。

我试图往里走，但司机拦住了我。"底下埋的都是炸药呢。"他说。

鹤岗房价暴跌的消息首先在"58同城"上传播开来。2019年4月，鹤岗由于低廉的房价登上微博热搜，越来越多的买房客来到鹤岗。

这种热络带来了商机。梁云鹏是其中一位掘金客。他是一名房产中介，三十八岁。我到店里时，他戴着耳机，一台苹果手机摆在面前：他正在接受抖音官方的连线采访。他穿着一件耐克棕色夹克，中等身材，开一辆黑色奥迪。自从鹤岗凭借低房价出名后，他的房屋中介生意蒸蒸日上。他手上一共有一万多套房子，其中五万以下的只有四分之一，一两万元的更少，只有几百来套。最近，由于那位二十六岁南京女生的新闻，更多人涌来了，都想买两万的房子。

"必须要找到更多两万的房。"梁云鹏说，"客户需求最大。"

他们决定去鹤岗那些偏远的角落找房子。第二天，我跟着梁云鹏去鹤岗南部的峻德老城区核实十二套房子的情况。峻德曾经依傍着鹤岗的四大煤矿之一峻德矿而建立，现在只剩下一些老人在那里生活。在峻德，楼房间距很宽，户与户之间的距离很窄，外表由政府改造过后重新装修，密集，毫无美感可言。楼道里是腌酸菜的气味。有些房子呈现出废弃的景象，霉味浓郁，地上堆着水泥、拆掉的火炉和玻璃碎屑。

梁云鹏举起手机拍照，在租房网站上更新房子信息。不少客人直接通过网络远程买房。他的车座上放着一张新的公证书和委托书，那是一个四川女孩前天通过三分钟的视频电话后定下的房子。

也是他将房子卖给海员李海，卖给那个二十六岁的南京女生，卖给"隐居吧""流浪吧"的男人，卖给做网络写手、游戏代练、直播、微商的人们，也卖给想要过来抄底的山西老板，上了岁数的南方老人。但这两年，来鹤岗买房的女生更多。

"鹤岗的房子可能代表着一种退路。"梁云鹏说。

至于他自己呢，梁云鹏说，他没什么故事，没读多少书，去北京闯荡过，二十四五岁时，他回到鹤岗，赶上煤炭产业兴旺的时候，那会儿和煤炭沾边的工作都能挣钱，他去给热力公司运煤，每天运五车，两月能赚三万。后来煤炭产业不行了，他就转行做房产中介。在本地的房产中介公司里，他开得早，手头房子也多。不过现在，鹤岗房子出名后，越来越多的竞争对手出现了。有条街都是房产中介，街边的招牌写道，"鹤岗卖房、直播"。便宜房源还得靠抢。

随后我们回到峻德小区。在电线杆上，我看见这样一则广告——

"收1至3万房子！多破都收！"

\* \* \*

天气预报提示说一场大雪即将来临，气温骤降至零下十度。人们从口音中辨别我来自南方，逐一询问我带的衣服数量，听后直摇头。面馆老板对我说，一定要买条"线裤"，就在时代广场买，越厚越好。我听从她的建议，在时代广场的二楼打折商铺里买了一条线裤，外表类似健美裤，里头是绒毛，紧贴皮肤。从外地来鹤岗的女生们又建议我买长款羽绒服——"至少得长到小腿那儿"。我在网上下单一件"270g鹅绒加厚保暖羽绒服"、羽绒裤、加绒马丁靴、护耳防风保暖口罩、毛线帽子和围巾。快递送至九州松鹤站点，我领着成堆快递盒回来，在暖气充足的屋里换上这些，烘出一身汗。再次出门时，我已全副武装，信心充足。

空气越来越稀薄、干净。夜晚的星星亮得惊人，似乎还能见到微亮的银河。早上，粉色的晨光照在楼上。雪就要来临。

# 水母

门推开，妈妈，爸爸，亲戚们，还有一个男人——和她相亲的人。她看不清男人的脸。他们还是来到遥远的黑龙江，这间房子——他们在争辩什么，不行，房子怎么乱糟糟的？你怎么能在鹤岗这样过？怎么能不工作？怎么能不相亲？

她从沙发上醒来，声音慢慢没了。是个梦。她不是经常做梦的人。这时刚天亮，光从窗户照进来。熟悉的空间和东西给她安全感。可能正是那些相亲让她无法再忍下去，2021年10月31日那天，她把钥匙扔在鞋柜上，拖着行李箱，从江苏常州的家里出发，坐上去鹤岗的火车。

房子花了六万块，一室一厅。最初她就是听说鹤岗有便宜的房子才千里迢迢来到这里。她精心布置每个角落：客厅中间，浅棕色木质岛台放着一盘上个月烤的曲奇饼干；投影仪和屏幕——夏天，她开着投影仪看电影，喝啤酒，插着红色火棘枝的玻璃瓶；两把高脚木质长凳；藏青色羊毛地毯；沙发下正在散发热气的电热毯；挂在墙上的环形暖色台灯——鹤岗冬天严寒、漫长，她觉得暖色的光能让人好受一点。房子里还堆着箱装矿泉水、盒装鸡蛋、新鲜芥蓝,透明罐装的辣椒粉、黑芝麻、腌鸡粉。靠墙放着一个四开门金属冰柜。厚厚一层碎冰包裹着批发的鸡叉骨,方便面,鸡排,半年前的冻米饭,还没发黑的土豆片,"安井牌"鱼丸。

她在鹤岗生活一年了。之前,她想到未来的生活该怎么过,就买下这间屋子,改成外卖炸串店。这既不用和人打交道,也不难。在鹤岗的外卖市场,最好卖的是"麻辣香锅大胃王套餐"——蔬菜、肉丸、方便面做成的麻辣拌,还有"油炸鸡叉骨"。她就做这两道菜。

每天,她早上10点醒来,打开手机,点"接单",接着倒在沙发上,到中午12点,起床洗漱,清点前日消耗的食材。直到下午,手机上的电子女声才会第一次响起——"××外卖提醒您,您有新的订单。"

客人点了份"大胃王"。她走到厨房。厨房在冰柜背后,是个狭窄的长条形,桌上摆着一口不锈钢炸锅,盛着黄棕色的油。她拿出冰冻的蔬菜,放进锅里水煮,淋上麻酱,一份大胃王就做好了。接着是份炸鸡叉骨。设好油锅温度,下入鸡叉骨,锅里吱吱响起来,中途再翻个面,十分钟完成一单,再把面条或鸡叉骨打包,放在门口。不一会儿传来敲门声。外卖员拿走外卖。剩下的时间,她备菜,将胡萝卜、土豆、洋葱切片,不能太薄,否则会被烫卷。包菜炸起来发苦,最好换成芥蓝。每隔两天,她要熬一桶酱。玉米淀粉倒进不锈钢锅，开小火，熬成透明的糊。房子里弥漫着令人心安的气味。为了进货方便，她又开了个"多多买菜"站点。外卖员给她送货、取货。她几乎不用出门了。

不过大体说来，她在的区域人不多，通常一天只接到四五单，运气好才有十单。一份炸串大约赚八块，她每月也就赚一千到两千元，比原来上班时少，但也够了。

有时美团的区域经理会打来电话："能不能想办法提升点单量？"

别人都会弄刷单、刷好评、冲量。她听出来经理觉得她有点不争气。

"要是想赚大钱，我就不会在居民楼里开店了。"她说。

她更愿意轻松一些。来鹤岗前她就是这样想的，独立的空间，独立的生活，不受他人控制的工作，全部由自我掌握的时间。没单时，她躺在沙发上打游戏。她爱打《和平精英》——一款竞技类射击游戏。最近一个赛季（一个赛季时长三个月），她用小号打了七百七十六场，大号打了四百场，平均每天二十把，五六个小时。遇到游戏停服，她也一定要打到最后一刻。之前她尝试玩别的，比如《明日之后》，可她觉得那就和上班一样，上线，打卡，每个任务都要做一遍，三小时就过去了。再说，不充钱就打不过别人。

现在,她躺在沙发上,打开手机里的游戏。屏幕显示:

地面上很多物资,枪,子弹。她捡起一把突击枪,一个防弹头盔,一件防弹背心。有人在旁边捡东西,她跑到另一栋房子,继续找。人影出现了,她瞄准那人的头,四倍镜放大,开枪,拿下第一击。接着出现了另一群人。她投掷烟雾弹,密集的枪声响起,四周传来窸窸窣窣的脚步声。瞄准,射击,独自往前跑。一阵飞机的隆隆声,四周开始轰炸。她来到决赛圈。还剩下最后一人,她被击中了。游戏结束。

她的拇指和食指在屏幕上快速滑行,就像踩着冰刀的运动员在冰面划出弧线。她每打六场就能"吃鸡"一场。"吃鸡",指活到最后,全场第一。上个赛季,她是"超级王牌13星"。游戏晋升规则是:青铜、白银、黄金、铂金、皇冠,最后才是王牌。平时,她招募固定合作的队友。他们等级相似,都是王牌,信奉相同的战术。玩家战略各不相同。她更有耐心,更谨慎,尽一切可能搜索装备,慢慢进圈,从边缘包到中心。她觉得这款游戏很"公平",目的明确,竞争直接。"我靠自己也能赢。"她说。由于担心认识的人看见她的在线时长,她用QQ而不是微信来登录。

晚上12点,她关掉外卖后台。午夜后这块区域没有骑手配送。她躺在沙发上,接着打游戏到凌晨三四点,再开始一个新的工作日。

传来一阵敲门声,是快递员,送来了十三个包裹。

她前两天在拼多多上买了这些——十二元六块的火锅底料("最好吃的是酸汤肥牛口味,和白菜是绝配,再加点金针菇。")、九毛八的润唇膏、一块钱的对联、十八元六支的护手霜、十元两双的拖鞋、两元的火棘枝、三元六双的筷子、三块九的六个勺子、十元的绒毛三件套、二十五元的黄色毯子、九毛的猫薄荷球、一分钱六个的红包、二十一元的四十袋玉米须茶。

在鹤岗,她每月花五百块。但她还是要消费。她在淘宝、拼多多、抖音里申请免费试用的商品,龙井茶叶、防静电手套、窗帘、胶棒、挂钩。月卡、优惠券、抽奖、摇钱树、免单、秒杀。这些词语构筑着她的生活。小时候买不到东西,长大了就渴望各种东西,她说。

\* \* \*

我是到鹤岗的第二个月时见到她的。她不愿意对外界透露真名,我称呼她为林雯。林雯,二十九岁,独身,在鹤岗有两套房子,两只猫。她有张圆脸,栗黄色头发,扎着凌乱的短马尾,声音有些沙哑。戴厚底圆框眼镜,时常眯着眼睛。她身着淡蓝色条纹衬衫,黄色亚麻裙,有时穿深蓝色套头家居裙。林雯说,来鹤岗前,她的生活并不特别。"普通""平凡",她喜欢用这样的词来概括自己。

林雯出生在江苏常州边缘地带的一个小镇,镇子很新,满是拔地而起的相同的安置房。小镇四周环绕医疗器械厂、干燥厂。她的妈妈在镇上工厂干活,爸爸无业。她早早认识到家庭给不了她太多。过去二十八年,她一点点失去了对未来的信心:她在村小念书,学费是借的。一个夏天,学校组织去看电影,走在路上,她察觉鞋底掉了,剩下一层皮,只能勉力维持。她很早开始考虑赚钱的事,以批发价买来零食再卖给同学。十二岁那年,村子因修建工厂被填平,她和父母搬到镇上安置房。拆迁只是让他们从平房住到楼房。读中专,出于不挨饿的动机,她选了厨师专业。那时她一周生活费一百元。家在市里最北,学校在市里最南,从镇上到学校,需要来回换两趟车,每趟车一个小时,车费五元,食堂里一份蛋炒饭卖六元,只能找到一点鸡蛋碎。卫生巾,班级里的桶装水,洗澡,都是要钱的事。冬天她舍不得用热水洗澡。她最喜欢上专业课,悄悄把多余的食材囤下来。学鱼香肉丝就能分到木耳、胡萝卜、猪肉,学红烧鱼就能分到鱼,还有麻糕、灌汤包。

成年后,她做过厨师、淘宝的刷单主持、婚庆司仪副手,还在常州和无锡干过两三年的连锁酒店前台,给顾客准备茶点,洗免费水果,卖会员卡。

她很早就意识到,像她的起点——她一直记得,家里因为拆迁搬到镇上后，没有装修房子的钱，成年以前，她的房间一直是空的，只有一张老床、一台老空调、一个衣柜——这种空空荡荡的画面正像她人生起点的写照。上升太难，她想力所能及过好点。等她开始工作，二十岁，慢慢攒钱买了张灰色弹簧床垫。随后几年，她一点点为自己的房间——那个十五平方米的房间添置新东西，五十元的灯，五十元的二手遮光窗帘，储物柜，《龙猫》漫画墙纸。后来她还给家里买了台冰箱。她一直想，家里要是有台冰箱就好了。不过很长一段时间里，冰箱总是空的。

不提了，她说，提那些过去干吗呢？她躺下来，继续打游戏。

你对未来怎么看？

她几乎没有犹豫——"消磨时间到死。"

"你有长远一些的打算吗？"

"没有。"

"你打算在鹤岗待多久？"

"一直待着不走了。"

"你原来的生活，那些关系，舍掉这一切，你会不会觉得有些可惜？"

"有什么可惜的？"

她好像什么都不在乎，过去和未来，要不要工作，和他人的关系。最好一个人过。她语气坚决，表现出与旧生活分隔的决心。她宁可让《和平精英》、抖音、拼多多霸占她的生活。

提到刚来鹤岗时,她语气变得轻松起来,暗含她最初对新生活的期许。她趁父母不在家时打包行李,坐上火车,从常州到哈尔滨的硬座,二十二个小时,从哈尔滨到佳木斯,七个小时,从佳木斯到鹤岗,又过了一个半小时。她在座位上待了很久,却不觉得难以忍受。火车窗外是山川,河流,荒芜的平原。她在路上搜鹤岗,在实景地图里看房,在网上买下第一间房子。到鹤岗,她第一次看见那么大的雪。来到新家,雪几乎淹没了阳台。后来三个月她很少出门。气温零下二十度,路滑,四周都是雪。她在家里打游戏,每天十几个小时,自己做饭,把火腿肠、丸子放在阳台,过一天再拿出来,用饭铲在雪堆里敲打,寻找那些冻得严严实实的食物。

她似乎第一次有了自由的感觉。"终于没有工作、相亲、工作、相亲,还有围绕在身边的那些声音了。"她说。

有天,窗外还在下雪,她在床上躺着,一条短视频提到用矿石颜料画的丙烯立体画。她来了兴趣。如果还在镇上,她不可能这样画画,爸妈会问她为什么要画画,还有,为什么要浪费钱?带着快意,她立起一块画板,挤出颜料,加入钛白色石英砂,铺在画板上,再用刀刮出海浪。海是浅灰色,沙滩是深灰色,远处的山是黑色。她画了好几幅海,粉红色的沙滩,蓝色的海浪。她喜欢海。

后来她还买来一个"月光水母缸"。她觉得这是个奢侈的爱好，很多年前，她在网上看见过一种水母。水母有个漂亮的名字，大西洋海刺，简称大西洋，身体接近透明，拖着一道长长的波浪裙带。水母的生活是什么样子？她的小镇生活又是什么样子？几乎两个世界。她买来两只大西洋。海水袋寄到黑龙江。大西洋放进月光水母缸，她每天用针筒给它们喂丰年虾卵，每隔三四天换一次水，按照表上的量配海盐，小心翼翼照料。

晚上，她关掉房间里的灯。黑暗中，水缸照着暖色的光，水母伸展又收缩着柔软的身体，像在月光下浮游。她看着两只水母，就像看着新的生活和新的自己。

# 不同的房子

遇到林雯之前，我在鹤岗还见到了许多人。网上的喧嚣过去后，来鹤岗定居的人开始冒出，有男有女，年龄从二十七岁到三十五岁不等，此前曾是淘宝美工，公司职员，运动用品店前台，酒店服务员，火锅店老板，汽车厂销售。现在，他和她待在鹤岗。有人做游戏代练，开设漫画账号，炒股，挖比特币，开炸串店，做网络音乐，也有人只是待在家里，打游戏，健身，以此消磨时间。在鹤岗见到的人越多，我越难归纳他们社会身份的共同之处。当我和这些人相处越久，越发现他们更像是延续着此前的生活。

我第一个见到的人是A。她二十七岁，来鹤岗买房生活两年了，和我正好住在同一条街的两端。她身穿长款黑色羽绒服，白色New Balance运动鞋，背佳能单反相机。她有许多爱好：汉服，游戏，猫。目前A靠打游戏挣钱，主要玩CS（一款射击游戏），代练，也卖高端游戏装备。作息时间不固定。之前，她一天能打十七八个小时的游戏，一个月可以挣上两三万元。但现在，她不想再过那样疲惫的生活了。

新开的汉服馆由一间住宅改装而成。老板是个中年女人,正带着女儿一块递小蛋糕,请客人在抽奖箱中拿出纸条。A拿着相机,咔嚓咔嚓,给汉服馆剪彩、拍照。不大的屋子里随处可见年轻人。有人戴银色假发,扮成动漫角色。她们多是本地人,学生,还有几位护士。A和其他人谈论最近流行的汉服款式,也换上一套"小僵尸"造型,在一尊石膏北极熊塑像前拍了些照片。随后她带我来到一家叫作"渔跃"的日料店,点了三文鱼、炙烤牛排、鹅肝炒饭、海鲜炒饭,结账时共计四百六十元。她平常总来这里吃日料,在家懒于做饭,还习惯叫跑腿。休息时间,她在鹤岗寻找娱乐,分别在跑跑卡丁车店、射击馆、水上大世界、水疗按摩中心办了会员卡。来鹤岗后,她学会开摩托车,从网上买来"春风狒狒",一辆小体形的亮黄色摩托车。后来她还在鹤岗打了水光针。

装扮、说话、生活方式,还有她的房子——从各个方面来看,A依然遵循当下流行的审美。她花四万买下一套房,花三万装修。房子在七层顶楼,白色地砖,浅绿色墙漆,客厅空旷,放了一张白色皮质懒人沙发,花瓶里插着一枝仿真马醉木。靠墙放着小米洗衣机、烘干机。地上有个四千元的石头牌扫地机器人。厕所里有智能马桶,还有浴缸。她在雪景旁泡澡,喝伏特加。卧室桌上是价值三万的水冷散热式电脑主机,还有七只橡皮小黄鸭。每当在游戏里感到压力时,她就会通过捏这些鸭子来解压。

她捏了一下鸭子。"扑哧。"刺耳的声音把爬到桌上的猫吓跑了。她养了只英短蓝白。窗外视野空旷,远处是连绵的矮楼。月亮正在缓缓上升。

坐在电脑前,她决定搜一部当下流行的电影。她刚看完最近上线的《子弹列车》《新神榜:杨戬》。最后选定了网飞出品的动漫《赛博朋克》。一边播放,一边打开电脑旁的日落灯,墙上出现橙色的柔和光圈。看完一集动漫,她打开另一盏灯,天花板出现一个清晰的月球。这两盏灯陪伴她度过了失眠的夜晚。

长时间盯着电脑屏幕,她眼睛干涩,时常要滴眼药水。每隔三四天下楼丢一次垃圾,两周正式出门一次。她没有固定的工作伙伴,平时依据心情决定打游戏的时长。我看过她打那款射击游戏。她的操作相当流畅,很快夺得冠军。不打游戏时,她看网络小说,刷抖音,后来她在微信群聊里联系上南京女孩的"晚间保姆"。群里称这是"共享保姆"。保姆为她丢垃圾、做饭和收拾家务。

我问她,来鹤岗后,还有没有和此前的朋友联系。

"我之前没有朋友。"她说。

"怎么了呢?"

"打游戏赚钱之后,我就不出门了。"

"那之前呢,比如你曾经的同事?"

"那都是同事,而且,我经常换工作,也没有把他们当作朋友去相处。"

A不愿讲太多过去——这是多数从外地来鹤岗的人们的共同点。A说，她之前做过文员，当过运动专卖店的销售员，然后经历了一次失败的创业，欠下一些钱。她被迫开始用擅长的游戏来挣钱。她利用大量时间打游戏，从此开始不太出门，似乎也失去了对人的信任。

"我不想提太多过去的事。"A说，"我的生活你也看到了，只是想做什么就做什么。"

此后我仍然经常与A一起相约吃饭，逛街，去剧本杀店。但我尊重A的想法，不再问及更多她的过去。

我接着在网上认识了一个叫花花的女孩。她二十五岁，和妹妹一起来到鹤岗。我们约在时代广场的火锅店。12月，气温零下十八度。火锅店里暖气充足，这对姐妹坐在我的面前。姐姐化了妆，看起来还是有点疲惫。妹妹十岁，瘦小，黝黑，戴着白色针织毛线帽子。帽子上有个洞。姐姐习惯把那个洞往旁边拉过去，想将它藏起来。

花花从头讲起：她们出生在江西赣州一个村子，父亲一直没能结婚，是当地人称呼的"老光棍"，后来娶了有智力残障的妈妈。妈妈比爸爸小十二岁。奶奶说留个后就好了。姐姐先出生，村里因为家里没有儿子而瞧不起他们。过了十五年，妈妈再次怀孕，又生下妹妹。两年前，爸爸意外去世，妈妈也被送进了镇上的养老院。

妹妹正在夹肉，此时抬头说："姐姐，你给她讲讲我们被锁在厨房里的事。"

姐姐继续说，父亲去世后，伯伯来家中砸门，拿着铁锹，邻居把她们推到厨房，上了锁，把钥匙从窗户丢到她手上。伯伯在窗外，拿着石头。伯伯、伯母、叔叔，姐姐说，他们想拿走房子，土地，和妈妈的低保补助。

"你是个女的，迟早要嫁出去，他们老这么说。"她说。

那时，姐姐在赣州一间服装厂工作，做助理管机器，每月工资六千。后来厂里裁员了。她从网上看到鹤岗的新闻，觉得房价便宜，能做落脚之地。夏天，她和妹妹一起坐火车到了鹤岗，先安排妹妹读书。妹妹现在四年级，一共转过四次学。

"没办法，因为她必须跟着我。"姐姐用一副母亲的口吻说。

到鹤岗后，姐姐先摆摊卖冰粉，又卖了几个月的山东煎饼。冬天街上人少。下雪后，她察觉，用来做煎饼的鸡蛋、生菜轻易会被冻住。鸡蛋冻得和石头一样，敲不开，用热水淋也不行。现在她停掉了煎饼生意，转去做自媒体，希望能借此获得些收入。

"有时候我也会怨恨，这一辈子是不是就被她耽误了。"姐姐说。

"姐姐。"妹妹说。

"怎么了？"姐姐说。

"我要吃那个。"妹妹说。

"姐姐。"妹妹每说一句话都要先喊姐姐。

妹妹流口水。姐姐拿纸巾给她擦,抱歉地笑了笑。

在鹤岗,我认识了几个与花花有着相似过去的女生:她们出生在农村,自小被家人告知一个女人没有位置,存在的目的是要为他人服务,职责是烧饭、扫地、洗碗、生孩子。她们带着摆脱过去的想法来到了鹤岗。

我也跟几个来这里的男人去时代广场吃了海鲜自助。海鲜实惠,但不太新鲜,盘子里放着扇贝、石头蟹、基围虾,上锅蒸时散发出腥气,他们避开,用手扇风。一个宁夏人首先给我留下最深的印象。他在来鹤岗定居的人里相当活跃,像一个社交枢纽。他二十九岁,身材微胖,寸头,左手戴一款卡西欧手表。他每天都在参加饭局、酒局,唱卡拉OK,有时是和鹤岗本地人,有时是和外地人,开着一辆宝骏保姆车在鹤岗晃荡,闲时在群里问有没有人要帮忙,比如运折扣店的临期星巴克咖啡。

他曾经在银行工作。他这样形容——那时,他在银行做柜员,每天都要开着车走同一条路线。有天他在等红灯,他想,难道要在这里等一辈子的红绿灯?在他的讲述中,那场在红绿灯前的等待就像是某种指引、某种征兆。"我不知道我想过什么样的生活,但眼下这样的生活不是我想要的。"他说。他后来开过火锅店,现在投资了一家建筑公司。简单说来,他不缺钱。但他总是觉得,生活里缺乏什么。如果一定要说有什么来鹤岗的契机,那是在2021年，宁夏经历一轮新冠，他在家里待了二十一天。他抢不到菜，住在城郊的一套房子。邻居有一个果园。此前，他让邻居帮他种了几棵树，有李子、杏、核桃、枣，还种了豆角、黄瓜，地里还有几只鸡。他靠着果园度过了那二十一天。

"当时我就觉得，挣再多的钱又能干什么？"他说，"我又不打算结婚生孩子，那么拼命挣钱干啥？"

他在价格高点期间卖掉了宁夏的房子，通过短视频得知了鹤岗。到鹤岗后，他先租房生活了半年，其间慢慢找房。等房子买好，装修完，他按照严格的时间表生活：早上7点起床，起来看股市大盘，下午3点后开始健身。房子里打造了一个健身房。地板上铺着深灰色泡沫垫，房间中心摆着一套售价四千的大型黑色健身设备，装备齐全，座椅、拉力杆、蝴蝶机、臂力垫、仰卧板。他每天都要做一定数量的力量训练。卧室很小，床头摆放着《乌合之众》《博弈论》《人性的弱点》。他爱好喝酒，喝醉后就在群里唱歌。他的昵称是"抑郁症患者"。

饭局上，另外两个人内敛许多。他俩都三十三岁。其中一个来鹤岗两年，留着飞机头。他来鹤岗后习惯在家打《英雄联盟》，频繁地点击鼠标令他胳膊酸疼，按摩也无法缓解，就去办了健身卡，现在一周去健身房跑几次步。他打算一直在鹤岗生活下去。之前他在深圳打工接近十年，从流水线工人到美工，靠挖比特币存下一笔钱后，就来鹤岗买房了。房子花了十万，在新街基，鹤岗城中心地带。客厅里摆着布艺沙发，一台七十英寸小米电视机。电视上正在播放《第11号站》。来鹤岗后，他还买了辆全新的别克白色轿车。他觉得现在生活算是舒适。

最后一个人也是三十三岁，娃娃脸，穿淡蓝色衬衫，戴方框眼镜。第一次见面时，他很少说话。后来我和他单独见面，他才慢慢讲到过去的事情。他曾是惠州比亚迪工厂的技术工人，来鹤岗买房生活两年，不过房子现在还是毛坯。他住在松鹤B，那也是个大型回迁小区，楼房多为六层。他用两万买下一套房子，两室一厅，呈阁楼型，挑高约四米，客厅狭小，贴着蓝天白云墙纸，边缘显露出水泥缝隙。客厅有一台茶几、电视柜、沙发，卧室放着电脑桌、一张床、一个简易编织衣柜。他说这些东西一共不超过一千元。

"哪有什么装修呀。"他笑了笑。

他在比亚迪汽车厂待了一年半，直到和领导的一次争吵。新冠发生后，2020年11月，他在百度上看到鹤岗的新闻。他很惊讶，房价那么低，就辞职来到鹤岗。临行前，他带上一盒老照片，有他幼时的照片，父亲生前和母亲的照片，一些家庭合照。现在，那盒照片放在客厅一张收纳式椅子里，他不会轻易示人，像是在捍卫什么。

决定去鹤岗后，他带走所有的照片，所有的记忆。他第一次坐飞机，从湖南衡阳到北京，中转到佳木斯，再到鹤岗。他回忆那种感觉，不是紧张，也不是兴奋，像是背水一战，一种不安的感觉。

"如果鹤岗都留不下我，那我还能去哪？"他说。

他很难形容来鹤岗前后两种生活的差别。他认为，此前，有关生活的决定虽然都是由他做出来的，在中山、惠州的各种流水线上，在电器市场做维修马达、电机，做什么，去哪座城市，到哪家工厂，和谁谈恋爱，身上没钱，就去打工，打工赚钱，又花光，继续打工。可能这些选择只是出于惯性。去鹤岗，也不能说他就此自由了，要看怎么定义"自由"——自由不是想干什么就干什么吧——他停了下——自由是不想干什么就不干什么。但他又换了一个说法，也可能人生都这样，还能烂到哪里去？不是对生活失望，只是有时人不得不很早接触一些事情，比如，他现在都不清楚父亲的死因。

买完房子，他把剩下的两三万存款拿去股市。到2022年，钱在股市中消失。他找"借呗"贷了两三万。现在，他每天8点醒来，10点起床，看一眼股票，打两个小时《英雄联盟》，再打四个小时《地下城与勇士》，做饭，睡觉。他一周出门买一次菜。一个月的生活支出在三百元左右。现在没钱，他就吃炖白菜、炒白菜、腌白菜，另一些时候吃炖黄瓜、炒黄瓜、腌黄瓜。鹤岗的暖气费一年两三千元。他停掉了暖气，楼道里的管道被暖气公司堵上一团抹布。

房子里有些冷。我们坐在沙发两端，蜷缩身体，搓着手。

卧室的电脑发出嗡嗡声。下午4点，到了打《地下城与勇士》的时间。

他来到卧室，坐在桌前，熟练地操作着键盘，用一分钟打完一次副本，收获二十万金币，等同于三毛人民币。那是款2008年的网页2D游戏，现在还有大约二三十万玩家。游戏里，他的身后跟着一只宠物，叫"落寞的小跟班"。一下午，四个小时，打七百万金币，能换五十元。

这时，他说到周星驰的电影《大话西游》。"我觉得我活得也好像一条狗。"

没有朋友、伴侣、家庭、工作，几乎切断了所有社交关系。"出意外怎么办？"

"那我早就想到了。"他在网上搜索遗体捐赠，报名后填写身份资料，收到一张卡。网页上写道，遗体捐赠后，志愿者的身体将被送去研究，利用剩余价值，最后火化，葬入公共墓地。这样就够了，他说。

我想到此前见过的那些房子。A家里的全套浴缸、马桶、扫地机器人、窗外的雪景、伏特加，当拒绝与外界过多来往后，家似乎成为她最后的领地，最后的堡垒。她对房子的装扮无处不在透露这样一个信息：一切为"我"所有，一切为"我"而存在。我还见过一个男人在客厅沙发上放着硅胶娃娃，这两年来"她"坐在同一个位置，没有挪动，他靠着"她"一起看电视，打发漫长时间。宁夏男人家里繁杂的健身器械——来鹤岗之前你过着什么生活，到鹤岗后，你大概率还是过着那样的生活——他对我说。而现在，我坐在这个人家里，一间切断暖气的毛坯房。"我在放弃多余的一切。"他这样说。即便都选择来到鹤岗，人们的生活依旧如此不同。我很难说清其中的某些残酷性。

\* \* \*

在比亚迪工作的男生向我介绍了林雯。他曾帮她修过柜子，两人见过几次。我忽然意识到，林雯曾在网上推荐我买手电筒来应对鹤岗的黑夜。最开始，我问她是否愿意出来一起吃饭，她说自己是"死宅"，不想出门。这次，通过男生的介绍，我们约好去林雯的炸串店吃火锅。也许听说我已经在鹤岗生活了一段时间，林雯才同意与我见面。

第一场大雪过后不久，我坐上出租离开市区，车往前开，经过高大的牌坊，一座煤矿，来到鹤岗南部。一旁的河流像是冰冻的缎带。林雯的住处离市中心大约二十分钟车程。小区楼下，我看到"炸串小吃店"的招牌，进入单元楼，一层，不锈钢门开着一小道缝。我敲了敲门。

林雯走出来，穿着薄薄的黑色长袖，卡通睡裤，微胖，圆脸，刚刚染过的栗黄色头发扎成了一束马尾，文过眉毛，涂着口红。

"你快进来。"她说。

她比我想象中要热情许多，接着拿来柿子、脆苹果、瓜子。男生更早一些到，正躺在沙发上。

"我平常就躺在这里。"林雯指着那张宽敞的沙发，"够躺三个人了。"

她把沙发上的电热毯和被子掀开，让我赶紧坐上去。她还在忙活火锅的食材，豆腐、鱼丸、猪血（人造鸭血）、菠菜。"你别看东西多，其实都是些豆腐啊、猪血啊。"林雯说，"我这里没有肉吃。"她又去炸了一点鸡叉骨，厨房传来油锅的吱吱声，很快是一阵鸡肉的香味。

我环顾四周。这间炸串店很干净，浅色装潢，储物架上的瓶瓶罐罐，切好的胡萝卜片和芥蓝，那盘像风干炸鸡的曲奇，都给人一种充盈、安心的感觉。墙上是她刚来鹤岗时画的那幅绿色大海。阳台和客厅用一张塑料布隔开。屋外正起风，风声呜咽。屋内保暖不好，她让我和男生盖上被子，开了电热毯，从音乐软件上调出"咖啡馆歌单"。在钢琴曲中，沙发背后，环形灯散发出暖洋洋的光，我很快忘记了窗外的寒冷。

聊天就从这间小店开始。当我亲眼看到这间店，我还是很难想象林雯是怎么独自搞定这一切的：一个人跑到陌生的地方，跑营业执照，跟工商消防处理关系，夏天她把手续跑完,一点点置办店里的东西。装修房子,为了进货方便,她在网上搜索开店教程,研究开美团外卖和"多多"站点,接着学菜谱,比如怎么做麻辣拌。

"自己的房子,没有房租,一天水电费几块钱,就算没有生意,我也不焦虑。"她说。

她端来鸡叉骨和火锅食材。我们耐心等待火锅冒泡。

"有间店,仿佛有事干一样,我也说不上来。"她接着说,"感觉自己好像在干正事。"

男生在一旁,默不作声。菜熟了,他专注着吃喝。

"毕竟蹭吃蹭喝的日子不是天天有啊!"他提到自己就要破产了。

"哎,我只想要一笔意外横财,有存款,然后靠利息过日子就好了。"林雯说。

"你想要多少存款?"

"二十万就够了,每天能有二十块利息呢,够我花了。"林雯说。

男生在一旁点头。"对我来说也够了。"

林雯说,昨天游戏停服,她还是打到了最后一刻。"我两个号切着玩。"这就是她鹤岗生活多数时候的样子:炸串、打游戏、刷短视频。

下午2点后,陆续有订单出现。每次做麻辣拌,她都多炸一点,当中饭和晚饭。那天外卖后台只响应了四次。外卖员过来拿菜,林雯有时和他们打声招呼,也有时不说话。

没单时,林雯、男生、我三人在沙发上待着。男生裹着大衣和被子,戴着毡帽。他还是很少说话。两人掏出手机开始看短视频,纷杂的声音传出:冬日被炉茶桌、儿童房改造、离婚律师、伊朗女性电影。

我们在沙发上躺着。林雯边刷着手机,边说:"在这里,夏天,我把阳台一拉,打开电风扇,打开投影仪,喝点碳酸水,这样的生活很不错啦。"

"你都看什么电影呢?"

"美国动作片,打架的,不喜欢那种情爱的。"

接着她像是想起了什么。

"你知道他年后要走了吗?"林雯问我,随后看向男生。

我点头。

"又有人要走了。"她的语气里有些惋惜。男生就要回到秩序正常运转的世界里了。

我说到在鹤岗度过漫漫长夜的感受。"晚上睡不着,有时一觉醒来,又快要天黑了,一个人,那种感觉——"

"那可太快乐了。"她说,"一个人多快乐啊。"

晚上,男生先回家,只留下我和林雯继续待着。后来我经常到林雯的炸串店避寒。多数时候,房子里很安静,习惯一同组队的游戏玩家仍未上线。没单的时候,她一个人,关掉灯,拉上窗帘,准备睡觉。那张沙发很长,睡起来很柔软,垫了电热毯、被子、羊毛坐垫。房子寂静无声,她睡着了。窗外隐约透进一点光来。黑夜准时来临。接连下了几场雪,天越来越冷。

就在这间炸串店里,我们断断续续聊到她的过去。

# 倒计时

来鹤岗前,林零最后一份工作是手机回收公司的客服。公司在江苏常州,离镇上不远。工作的时间表清晰、明确:8点起床,8点20分出发,开车去公司。她那时有一辆六万块买来的二手别克。镇上到公司要经过一条两车道的柏油马路,车不多,两侧是草莓采摘园,成片大棚,灰色薄膜连绵不绝。再经过一片荒地,一家塑胶厂,看到一座哥特式教堂时就到公司了。

公司在一个崭新的工业园区。园区里还有实验室、检测公司,二十来栋高楼,中间是草地和樟树。凸起的纵向白砖将高楼的墙面分割成狭窄的长方形,一些小窗斜着对外打开。8点50分,她到公司楼下停车。一楼是检测回收设备的地方,一般不让进。卷帘门里,快递员进进出出,地上堆着成团的泡沫和纸盒。密密麻麻的手机像车队一样列在里面的金属架上。凉意从卷帘门里渗出来。

从电梯坐到四楼,穿过一条幽暗的走廊,来到大堂。大堂左边是微波炉、旋转零食柜。门口——从她入职到离职的那一年里——一直放着块醒目的牌子"面试请往这里走"。公司里大多数人来了又走。她在58同城上找到这份工作，和她一起面试的有二十人，培训完剩五人，半年后就只有她和另一个男生还在这儿了。

她走到工区，录入指纹，打卡。工区地板是深灰色的塑胶，脚踩上去会发出轻微刺耳的摩擦声。走廊两侧落地的透明玻璃墙前摆着散尾葵和天堂鸟。工区里少有人说话，人们手指不断敲击键盘。她坐在"在线客服部"一个小小的格子。上班时间从上午9点到晚上9点。她通常会先泡一杯魔芋粉当早餐，再泡一杯咖啡或者红茶。一颗熟普洱能泡三大杯水——想到要在电脑前坐十二个小时，她总是很容易感到口渴。

打开电脑，登录公司后台。人们在这款回收软件卖要抛弃和淘汰的苹果、华为、三星、小米手机，平板、投影仪、联想笔记本、相机，拍卖比价。林雯首先要处理前夜离线时的留言，一般有六七十条。

"亲，哪里有离您最近的门店，我们帮您预约下单。"

"亲，您觉得价格不合理的话，我们会给您退回一些优惠券。"

（有些手机被锁屏，像是偷来的。）"亲，不好意思，这台手机我们回收不了。"

很快，新的问题涌进来。每当一个客户的对话框弹出来，林雯面前的屏幕上就会同时出现一个变动的小方框——

"计时：00s，01s，02s，03s，04s，05s，06s，07s，08s，09s，10s……"

十秒内回复每个问题。

十秒内找到合适的用语，敲下键盘，发送并回答。

她不能走神。

平均回复时间要在十秒内——极限的时候，有个月是八秒。这些数字在她脑海中留下了鲜明的记忆。一天大约要回复三百个问题，咨询量大时，这个数字是四百。时间就这样被切割成无数个十秒或八秒。有时候"进线量"少，她反而觉得"不舒服"——这会不会影响这个月的绩效呢？

她觉得那是款"流氓软件"，客户中途不想卖，无法取消，客户只能看到拍卖结果，看不到流程，客户对价格不满意，面对这些问题客服做不了什么。一天里有大约半的时间，林雯和同事只是坐在电脑前看着客户发脾气。她设置了上百个回复的快捷键，稍等——"sd"，抱歉——"bq"。

有关抱歉的快捷键，她设置了快十个。

"抱歉。"

"非常抱歉。"

"抱歉,我们十分理解您的心情。"

"抱歉,我们马上帮您催促处理。"

"就和那些互联网公司一样,"说这话时她还是习惯用"我们公司","我们公司也是个上市公司,好像是在美国上市的。"这的确是家大公司,至少使用的是互联网公司常见的等级管理制度。她入职是P0,离职时是P2-2。组长是P3。最高是P8——那是董事长。她见过最高等级的人也就是组长了。每次想把P后面的数字升级时都要面谈:你对公司做出了哪些贡献?

客服统一由钉钉软件管理。每周都会更新一份统计客服成绩的表格,显示人们的职级、数据、分数、指标,比如咨询量、回复率、好评率、解决问题率、投诉量、平均回复秒数、QA情况(即质检部门的抽检)。她最讨厌"QA"——质检员会抽查数据库里已回答过的问题。类似工厂里的质检员。在工厂,质检员抽查产品,而这里抽查的是人。

是否前言不搭后语?

是否回答错误?

让客人"稍等"后,再回复时是否漏掉了"不好意思"?

情绪激动的客人,是不是没有用"非常抱歉"来安抚他?

其实有时客服自己也不清楚是不是在犯错。每次收到表格,她充满忧虑地想,质检员今天抽到我了吗?就像监控一样,她说。

她在这家公司待了一年,连拿七个月的"绩效A"。

一组六人,只有一人能拿A。

一个A,两个B,三个C。

拿A的人才能拿到全部工资,每月六千元;B和C都要打折扣,每月三千或四千元。

要成为那个A,下个月就要更努力。

"他们都卷不过我。"林雯说。

她还拿过两次S。那两个月是"重大贡献":平均回复秒数为八秒,回复量比平常多三分之一,每天五百个问题——每小时和四十一个人对话。S级可以多拿八百块。她缺钱,因此要争第一。别的组说,这个组真轻松啊,还能有人连续拿第一。别的组竞争起来更残酷。

不过,她觉得这份工作还算是轻松的。如果拿到绩效A,一个月赚六千,有五险一金,做两天休两天。不上班的十五天,她在家里待着打游戏,也不用当面跟人打太多交道。心情好时,她带上在家做的健康便当,杏鲍菇炒大虾,咖喱土豆鸡肉配糙米,配上切好的蜜瓜。

这时,她继续讲曾经做过的工作。上中专时有两个选择,计算机或者学厨。她选了后者。上学时,一半人在混日子。毕业后,学校安排的第一份工作是餐饮后厨,在常州横山桥的一家饭店做冷菜。冷库里有大冰柜,全封闭,没有窗户,空调一直开,很冷。尤其是有婚宴的时候,菜多,冰柜放不下,只能提前切好摆在桌上,"空调要打到像冰箱一样的温度"。她说冻得人直哆嗦。冷菜里有几样怎么都躲不开,比如口水鸡,鸡得自己剁。一锅鸡煮下去,再捞起来,拿着大刀,剁不断的骨头得用刀背抠出来,很花力气,手心手背都很疼。还有做葱油蚕豆,她负责熬蚕豆,就这样和一锅锅鸡、一锅锅蚕豆度过了第一份工作。

"但你要知道一件事情,"她说,"不是色狼,不进厨房。"这是一句行话。冷库里除了她多是男性。

过了一两年,她觉得餐饮太多力气活,她没什么优势,转去做连锁酒店的前台。她和朋友一起去无锡的酒店工作。宿舍条件一般,有咬人的蚂蚁。晚上睡不着,她和朋友一起去蹦迪,音乐轰鸣作响。她还做过婚礼司仪,新娘上台前帮忙整理裙摆,在新娘新郎喝交杯酒时递上杯子,新人父母上台,指导他们:"脚踩在那里!"还有刷单主持,在网上找人给淘宝商家刷单,其实刷单挣得挺多，只是妈妈看她成天躺在房子里，说她活得没个样子，又让她出门上班了。

有次她在常州中华恐龙园附近一家主题酒店做服务员。酒店一个房间一晚上卖七八百，通常都是游客来住。中华恐龙园是常州地标。她顺带办了张恐龙园的年卡。休息时，她一个人到恐龙园玩那些刺激项目，过山车、大摆锤、呕吐机。恐龙园有辆露天的倒挂式过山车。她总是坐最后一排，过山车开到顶端往下冲，整张座椅都在发抖。她不叫，只是忍着。那样的刺激能给她"活着的感觉"。不是开心，她说，算不上开心，只是发泄。

因此现在——她倒也不是那种对生活中所有事情充满抱怨的人——现在她坐在写字楼里，公司有空调，风吹不到雨淋不到，也有微波炉跟冰箱。走廊尽头，光照进来。窗外是晴朗或被灰尘笼罩的常州。公司挨着另一片工业园区，从上往下看是块绿地。远处的楼房连绵成一片灰色的影子。

工作一年后，领导问她想不想升组长。

她摇头。组长最开始也就挣三四千，她说，要一点点往上升，管全组的数据。如果有人"掉下去"，达不到数据量，挨骂的还是组长。

但要是让她回忆这份工作，她总结说：还是没什么价值感，还是活得浑浑噩噩。

离职前，她连续上了八天班。那轮加班令她身心俱疲。问题太多了。同事们坐在电脑前叹气，但手指不能停。她酸胀的手指在键盘上"啪啪"地不停敲打出词语和句子，抱歉，非常抱歉，我们真的非常理解您的心情——敲打键盘时她戴着耳机听歌，放大音量——她爱听"Changin' My Life"，一支已解散的日本乐队，还有重金属摇滚，其中一首叫《旋转吧！雪月花》，在那样欢快激烈的鼓点和歌声中，她等待着前往鹤岗的旅途——

  時代は常に千変万化

  （时代总是千变万化）

  人の心は複雑怪奇

  （人心也是复杂怪奇）

  「でも本気でそんなこと言ってんの？」

  （但你说的可是真心话？）

  もうどうにも満身創痍

  （无论如何都是满身疮痍）

  嗚呼、巡り巡って夜の町

  （啊，在夜色下的街道流连徘徊）

  キミは合図出し踊り出す

  （你发出信号随即舞动）

  回レ回レ回レ回レ回レ回レ回レ回レ！

  （旋转吧旋转吧旋转吧旋转吧旋转吧！）

  華麗に花弁散らすように

(华丽如花瓣散落)

回レ回レ回レ回レ回レ回レ回レ回レ！

(旋转吧旋转吧旋转吧旋转吧旋转吧！)

髪も振り乱して

(头发也随之散乱)

# 生活实验

我也跟林雯去了她在鹤岗买的第一套房子。屋里维持着原有的老式装修，塑料板吊顶，更多是猫的痕迹。门口三个大瓷碗，装着满量的猫粮。客厅放着两个猫砂盆，纸壳猫抓板。储物室里放着一摞摞床单、小苏打、燕麦麸皮、膨润土猫砂，网上买的物品最后归宿都在这儿。卧室不大，有张双人床，墙上贴着一张海报——红色帆船正在远航。窗前放着两盆吊兰，叶子边缘呈锯齿状，是猫的齿痕。窗外结了霜，雾蒙蒙一片。

她有两只猫。一只六岁的狸花母猫，是从常州带来的。还有一只英短金渐层，来鹤岗后买的。最初来鹤岗时，她不知道能在这里待多久，先把狸花留在了江苏家里。三个月后，春节，她回了趟家，把狸花运到鹤岗。运猫的旅途花了两千三百元。除了她，车上还有三四只猫、泰迪、阿拉斯加、鸭啊鱼啊，后备厢还有些蜥蜴虫子。猫到鹤岗的那天，一路上都有火红的晚霞。她抱着猫坐了一路。

狸花叫"大王"。养大王时她在酒店前台做服务员。那会儿她二十岁出头，有天她得知宠物医院有窝被遗弃的狸花猫，还剩下一只活着。她对照片里那只弱小绵绵的动物动了感情。猫身子弱，打了一周吊针。医院离她家二十公里，她每天来回跑，捧着吊盐水的猫。只要不捧，猫立马醒过来，看着她——就像她选中了猫，猫也选中了她。她和父母之间谈不上亲密。大王陪她在小镇度过漫长的无聊时光。当她决定开炸串店后，大王单独待在第一套房子。一个月后，她觉得大王太孤单，就在鹤岗早市上从层层叠叠的笼子里选中那只英短金渐层。两只猫相处得很顺利。它们都爱吃酸奶棒冰，有时她就买来一根，让两只猫一起舔舔。

三天一小休，每周一大休。林雯这样设定在鹤岗的休息时间，休息时她都在陪猫。通常是周三晚，她从炸串店回来，增添猫粮，更换猫砂。周一，她睡到中午12点，打扫屋子，更换床上用品，拖地，清扫猫砂，洗衣服，一整天陪猫待在屋子里。

屋子停了暖。在鹤岗，暖气费是笔不小的开支。地上有个装着水的塑料盆，里面还有一支电热棒。她觉得冬天水冷，猫喝了拉肚子。普通的加热棒可能漏电。她挑选了很久，才选到这款乌龟用的恒温加热棒，既能让水保持在二十四度，也不会漏电。床上放着定时加热和关闭的电热毯，她不在时猫也能钻进被子里睡觉。屋外有个小阳台。她打算等天气暖和一些，装上网，让猫在阳台晒太阳。

她用一种温柔的语气说："每天晚上，我抱着大王睡觉,侧躺着,盖着被子,它就这样在我怀里。点点呢,就趴在被子外面。"

在鹤岗,大多数时候,林雯都独自生活在房门这一侧,很少时候去到门外的世界。比如每月有那么一回,她会去楼下的澡堂搓澡。她是个南方人,但很爱东北澡堂。林雯约我一起去。晚上,我站在楼下等她。冬天,她穿着一双人字拖从家里走出来。路面结冰,沟壑纵横,她的脚趾冻得发红。澡堂离家不远,走几分钟就到了。洗浴十六元一次,包含搓背。我们存了手机,走向澡堂。

负责搓背的是个热情的中年女人。"你们从哪里来?"女人问。

"江苏。自己来的,开了个炸串店。"林雯说。

女人问林雯:"为什么一个人来到鹤岗?"

"鹤岗挺好的。"林雯笑笑。

"那阿姨给你介绍个对象。"女人又说。

林雯说:"为什么一定要介绍对象呢,阿姨,一个人过才舒服,你说对吗?"女人也笑了笑。

澡堂热腾腾,水汽让人的脸涨得通红。搓完澡,我们去吃附近的"八八铁锅炖"。这是她自认奢侈的小爱好。我们拎着铁锅炖鸡回到家里。在楼道,她遇到邻居,一个脾气温和的老头。老头并不在这里常住。她和老头互相问好,后来流感到来,她将几个柠檬借给他,举手之劳,但也仅止于此。

后来我们常一块待着。我还得知她有个"拼饭群"。群里有四个女人,年纪都比林雯大,其中一个结过婚,有孩子,另一个和丈夫一起来鹤岗,还有个年轻的女孩,是短视频博主。她在网上认识了她们。一个月里这四人会相聚吃一次饭。不过林雯受不了更高的见面频率。

她说,不想和人建立更深的交往。在鹤岗认识的人,林雯不和他们聊过去,也不谈论未来。她只聊现在。我几次问她能不能带我一起去见其他人。她有些为难,说还是我俩单独见吧。

这天,她从"拼饭群"里听说,时代广场负一层的超市晚上7点后打折,她又带我一起去"时代广场"。从家里出发,她推着一辆装商品的小推车,坐上17路公交。来鹤岗一年,这还是她第三次到时代广场。她不爱来市中心。

我们开始逛超市。她只看那些标着黄色特价标签的商品,目光扫过蔬果堆的角落:两元的花菜、西葫芦、金针菇(各来五份,做炸串食材);二十元十二瓶的娃哈哈饮料、五元的波罗蜜、三元的鸭脖、十元一包的火腿肠(买给大王)。购物车很快满了。

逛完,我们去负一楼吃炒酸奶。坐在座位上,林雯说:"既然选择这样生活,就必须丢掉一些东西。"

每隔两三天她和母亲打一次视频电话,聊普通的母女话题:最近在鹤岗做什么,伙食,降温之后要穿的衣服。

她不太和父亲联系。

平常待在炸串店,一个男生有时坐在门口。他住在楼上,是个大学生,刚放寒假回来,这几天经常点林雯的外卖,偶尔还会在她的"多多买菜"站点买饮料。林雯边做菜边与男生闲聊。她让大学生给店里写几个好评。

"他吃得可多了。"林雯说。

"谁吃得多?你不也胖吗。"男生说。

"那我们家基因就是这样,我妈妈每天出去散步两小时,还是一百五十斤。"她说。

说两句玩笑话后,男生拿到麻辣拌,一箱桃汁饮料,走了。

这几乎是林雯在鹤岗所有的社交关系,就像一些零散的线条,而不是重叠在一起的圆。

另一天,林雯、我,还有介绍我俩认识的男生相约去吃"海波烧烤"。晚餐定在5点。天黑了,林雯穿上黑色羽绒服,羽绒裤,雪地靴,戴上防静电的灰色毛毡手套,毛线帽。我们来到路边等待17路公交车。车上坐了一半乘客,多是老年人。等到终点站,下车,来到烧烤店。

男生还没来。他给林雯发消息,说已经下了公交车。这时,林雯打开微信,开启位置共享。我们继续等待,吃着店家免费赠送的花生米和炒芝麻粒。

快到了,男生说。林雯掏出手机,关掉共享。

五分钟后,男生发来消息。

"不吃了。"他说。

林雯疑惑地看着我。"为什么？"她问。

我给男生打电话，男生说他已坐上回程的公交。"为什么？"我再次问他，可他什么也没说。电话对面传来公交车报站的声音。

"对不起，我脾气怪。"后来男生才说，他找不到店的位置，索性不吃了。

我和林雯误以为对方给男生发过了店址。林雯关掉位置共享，男生不知道怎么走，就回家了。为什么他不问一句呢？林雯说，但她不愿多想，说琢磨他人心思太累。我们继续吃烧烤，但索然无味。后来林雯将两盘烤肉打包，说第二天男生要来帮她修东西，再把烧烤带给他吧。

吃完饭，我们走在街上。我的脸冻得僵硬，逐渐发红，疼痛。她推着小车，车轱辘在地面上划过，车里面装着原本给我和男生的柿子地瓜。鹤岗的人们说这是个暖冬，可还是有零下二十度。下水道口飘出一阵阵白色的水雾。我们戴着口罩，呼出的空气很快在睫毛和刘海上结冰了。风真冷，冻得腿疼。不过林雯说她已经适应这样的寒冷。

只是这里空气不好，她说，有煤灰，走在路上，脸容易沾很多灰。

我们继续往前走。

"但你一个人会不会……"

她马上摇头。"不会。"

"你知道我想问什么?"

"孤独?"她又摇头,"不会。"

"和人交往有什么用。"她继续说,"喝奶茶会让我开心,靠垫能让我靠着舒适,猫能为我做它们所有能做的事情,但人不能。"我们一起回到房子,穿过黑暗的小区。林雯躺到床上,两只猫很快就跟上来,钻进被子,熟练找到林雯的臂弯。关掉灯。一个人,两只猫。她很快睡着了。

\* \* \*

这些天,我和林雯谈论她在鹤岗的生活,也谈论此前的生活。我希望理解她为何做出这样的选择。

现在,如果让我来谈谈林雯,还有这些在鹤岗生活的人们的共性,也许更重要的并不在于他们的身份、社会位置,而是精神上的那部分东西。也许这些人正试图拒绝那种单调、聒噪的声音——某种单一主流的价值观,或是可以称得上老旧的、散发着幽幽陈腐气息的那种生活——工作,赚钱,成功,买房子,买大房子,结婚,生孩子,养孩子,然后自己也垂垂老去。

我想起很多声音,比如——

"浑浑噩噩地过了这么多年,"林雯说,"来到鹤岗后,那样的感觉终于减淡一些。就好像我终于轻松了一点,也好像更清醒了一点。"

电话中那个做插画的女生说,她还记得来到鹤岗的心情。新生活就这样仓促地开始了。"走进去的那一刻,我想我终于有自己的房子了,好像以后的生活就终于自由了。"

"不想奋斗,奋斗给谁看?"一个人说,"我一个人,这点钱够花,为什么还要去工作呢?如果哪天游戏打腻了,就在鹤岗随便找个工作。"

"如果我放弃家庭,放弃亲情。反正一切都放弃掉。一个单身男人,开销不是很大的情况下,我发现人生还有另外一种选择。"在比亚迪汽车厂工作过的男生说,"不想要的东西就不要了。"也许更重要的是后面一句:"我可以选择不要。"

我与学者袁长庚交流,他谈到对生活哲学的看法:

> 过去四十年的高速发展带来了一个副产品。那就是不管你身处什么社会阶层,不管你是什么生存背景,在很大程度上都共享着一整套生活逻辑。富人也好,穷人也好,城市人也好,农村人也好,虽然你对自己未来的期待不一样,但你总是有所期待:一个人就应该好好劳动,为子孙后代留下一定积蓄,或让你的后代实现阶层跃升。这是过去四十年的高速发展给我们在心理层面上留下的最大公约数。我们几乎是全

民无条件接受了这套生活逻辑。

但从另一个角度来说,从生活逻辑和生活哲学的多样性上来说,这比较单一。这就造成一个问题,如果你恰好生在这个时代,在你成长的过程当中,你所受到的影响,你见到的很多东西,这一切会让你产生一种感觉——好像只有过上这样的生活才正常,这是世上唯一正常的出路。当你没有见过有人停下来,你会以为停下来是种让人恐惧的事情,可能会失去生计。但真正有人在你身边这样生活,你发现好像暂时这样一下也没有太大问题……我觉得这背后跟我们经济和社会发展逐渐放缓有关系。当身边有些人开始过非常规生活,我们开始思考,一个人活在这个世界上,我们的生活观念是不是可以更多样化?

同时,在针对工作,针对年轻人的这些情绪里,父母一辈与子女一辈出现了严重的冲突。因为他们各自忠诚于自己的感受和历史经验。这也许说明,代际差异并非来自价值观,而是认识和体验上难以调和,是生活经验的不可通约,不可交流,不可共助。

在鹤岗,我见到的这些人似乎生长出某个新的自我,它决定脱离我们大多数人身处的那个社会——要求房子、教育、工作、自我都要增值,利用每分每秒产生价值,好像时刻在填写一张绩效考核表的社会。遍布生活的焦虑感,弥散的不安,人们不敢停歇,自我鞭笞,自我厌倦,有时还会服用阿普唑仑片。这些选择来到鹤岗的人停了下来,像是进入一种生活实验,实验品则是他们自己。我不知道这是不是有点危险,但也许,这首先是她(他)自由的选择。

另一天我见到了李海——那名最早被报道的海员。他也许不是第一个来鹤岗的人,却是第一个被广泛报道来鹤岗买房的人。他来鹤岗生活快三年了,也是我认识的所有人里在这儿生活最久的人。我希望听听他对此的理解和看法。

"像我们这样生活,没有学历,赚不了很多钱,相对好一点的可能做点技术工种,或者在大城市做保安、送外卖之类。买房都是贫民户嘛,有钱的当然想在自己的城市,没钱的就想想办法,便宜房子也买得到。我们觉得自己到处漂泊的生活状态就像流浪一样……我就觉得,不管好坏,还是得买套房。人人都想有个安稳地方可以住,向往有个属于自己的家。"(《流浪到鹤岗,我五万块买了套房》,正午故事,2019年11月4日)

我在光宇小区外面的街道等待李海。想见他一面不容易。最初，我在网上问他是否愿意聊聊，他说有空可以一起吃顿饭。但我犯了个错误——当我前往鹤岗时，电话中那名女生刚被大量报道过。记者们找不到她，只好从头寻找和这个地方有关的人，其中就包括李海。后来我得知还有不少综艺节目在找他，比如安徽电视台一档综艺，说也想采访在鹤岗生活的人。

"给钱吗？"他问对方。

"只报销路费。"

"那我不去。"他说。

李海已经不想再搅和那些和生活无关的事了。来鹤岗的人都想见李海。但其实他并不喜欢和人打交道，最初他会和其他人一起吃饭，建了个微信群，叫"四海为家"，把人都拉进来，里头有人叫"海哥大迷弟"。后来他习惯躲起来了。人人都听说过他，知道他过去的故事，但都不知道他现在的生活。有人听说他靠老家的低保，也有人说他曾经在微信群里发过账单，一个月花一千块，每天不超过三十，能买什么，不买什么，都要控制清楚。

快到约定见面的时间了，李海一直没回复我，接下来一个月还是没有回音。第二个月我再次约李海出来喝酒。他发来一个"微笑"的表情。寒暄几句，他说见面就算了。又过几天，我正好要去光宇小区附近见另一个人，问他要不要一起吃饭。这次他同意了。

现在，我看见新闻中的人从街道另一头走来。他三十五岁，有些瘦弱，穿黑色羽绒服，软塌塌的发型，戴着印有"SMART"猫胡须的卡通口罩。他走近后摘下口罩，显露出人群中一张寻常的面孔。他有些局促，很少说话，抬头看我一眼，很快转移了目光。他边走路，边用手机打《宠物小精灵》，一款消消乐游戏。

光宇 C 区是一个更老的回迁房小区。淡黄色的楼房层层叠叠，没有边界。路边的雪融化成黑水。这里是鹤岗的煤矿塌陷区，时常停水。总有传言说那是深处的水管塌陷了，停水时李海就需要出去吃饭。墙壁上贴着"房屋出售，光宇 A 区，七楼，五十七平方米，位置好，两万五"，房子价格比李海刚买时还降了一点。

我们走在街上，风还是很大。李海已经习惯了。2019 年底在鹤岗买房后他再也没有离开过。他本来打算维持原有的生活，出去跑船半年，再回鹤岗生活半年。但在鹤岗买房半年后，同为海员的父亲在海上遇难——父亲看他跑船，也跟着去跑船，最后在一次台风中丧生。

"现在船老板不管台风的。"他说，"反正人死了有保险。"总有船公司的中介打电话给他。他回复他们，说再也不跑船了。

"那你现在在鹤岗做些什么？"

他把手机收起来。"帮有钱人家的小孩练级。"

我们穿过街道，柳树伸展着枯枝，在空中摇晃。火锅店没开，李海带我走向另一家烧烤店。不远处有片雪地，半米来高的松树苗斜着列成棋盘状,牌子上写"让城市拥抱森林"。李海看了会儿松树,又往前走。路上他聊到怎么打游戏挣钱——去年《魔兽世界》还没关,每天晚上他都在打装备,一个月能挣一两千元,但打得无聊,太单调,接着打《王者荣耀》《天龙八部》,其实不需要技术多好,只要肯花时间。他的顾客是一些有钱的小孩。最近他还帮不在鹤岗的人报停暖气,跑腿,挣了几千元。有些时候他也会在鹤岗日结群里找零工,修水管,修电器。他生活成本不高,偶尔买点肉,趁超市打折时买梭子蟹。作为舟山人他还是保留了吃海味的习惯。父亲在海上出事的赔偿款,他没拿,给了家里人。

新闻最火的那阵子,他想过去当中介卖鹤岗的房子。毕竟总有"粉丝"来鹤岗找他。他在百度"隐居吧""流浪吧"里卖,开了短视频账号。但卖得不好。别的博主一个月卖二三十套,他一年才卖了七套。他就不干了。他不清楚怎么将那些关注变成真正属于他的东西,那也许不是他擅长的事。

"钱花完了怎么办呢?"

"花完啦,再去打工。"他说,"赚多少,就花多少。"去年他总共赚了一万,也花了一万。

在鹤岗,李海平淡地生活了三年。他独自逛公园,走在鹤岗的街道上,有时天很阴沉,人们留下背影,路面积了薄冰。有时天很晴朗,他拍下膨胀的云。游乐场里,一个人拍打辛勤的骆驼。他来到萝北的界江,江对面就是俄罗斯。公交车上,人们戴着口罩。他是来鹤岗生活的人里少数养狗的人。去年他从狗市上买来两只狗,不论天气如何,每天遛狗两次。

我跟随李海回到他家。他打开门。客厅里最醒目的是那个硕大的不锈钢狗笼,狗就待在那儿。靠墙放着一个立方体鱼缸,没有鱼,水绿油油的。茶几上放了很多杂物,胶带、打火机、电池、狗绳链,还有一个小型摄像头。两只狗接连叫起来。一只奶牛狗,一只长毛黑狗。客厅里是狗的味道。李海靠近狗笼子,打开门。狗冲出来,立马尿了一泡。李海佯装要打它,可两只狗翘着尾巴,围着人转来转去。哎呀,这狗。他笑了笑,只好去拿拖把,将地板拖干净。狗守在门前。

走!李海说。

他打开家门,狗冲出去,才几秒就消失了。我和李海走下楼,那两只狗在雪地里滚了滚,从小区一头跑向另一头,身上毛发湿答答往下滴水。两只狗有时赛跑,有时又分开。

李海站在雪堆附近,空旷的小区里。我们聊到他曾经做海员的生活,那是一种长久以来毫无希望的漂泊感。他时常无法确认自己的位置,在社会上的,在家庭中的。他已经不太有对生活的野心,现在平平淡淡在鹤岗过着,带着狗,偶尔和在鹤岗认识的人一起逛超市、买海鲜,或只是自己出门走，走在大街上，走在那些有着高大桦树林的公园里。似乎这样就够了。

"找个地方清静。"他说。

"从来不想回去吗？"

"回去太吵了，什么时候找对象，什么时候买房，什么时候生孩子，这些问题不可能停下来。"他接着说，"我差不多二十多年没回去过。"

一只来自临街店铺的灰色长毛狗跑来。三只狗滚作一团，热闹的叫声此起彼伏。天气越来越冷，在雪地里站了四十分钟，我感到身体冻僵了。小区里，一些老人慢慢走过去。

"这边没人管你。对，你想干什么就干什么。"他最后说。

两只狗跑向远处，毛茸茸的影子越来越小，变成小黑点，直至消失不见。吵闹的叫声也不见了。四周重归寂静，只有风声。不过李海并不担心。他相信狗一会儿就会回来，回到他的身边。

※ ※ ※

关于来鹤岗的意义，关于人的追寻，人们还有其他的观点。一个饭局上，我见到了一男一女。女生三十岁，曾在深圳工作。男人年龄大些，四十岁，脖子上挂着灰色穿戴式耳机，他提起在厦门和北京做青年社群的经历。他是那种组织者——或者说布道者的性格。他认为鹤岗将有形成文化部落的空间。他们买下房子,想要定期举办读书会、观影会、"自我探索会"、红酒品鉴会、精酿啤酒品鉴会、TED演讲观看会。

我问他们,在这些活动上,他们一般都聊些什么。

"比如人生设计课,"女生说,"我现在正在寻找人生目标,人生方向,我会用人生设计这一套方法论,然后我去实践。"

"人生怎么设计呢?"我问她。我对此持怀疑态度——人生真的能够设计吗?

"你是不是把人生计划、人生规划跟人生设计搞混了?"男人说。他开始讲这三者的区别,《斯坦福大学人生设计课》,"奥德赛计划"。

"总而言之,就是我们如何才能使自己更积极地掌握人生。"男人补充说。

女生说,他们在鹤岗的群聊里发布活动通告,但总会被大量的其他对话冲走。

"来鹤岗的只有两种人。愿意交流和学习的是一种,不愿意交流和学习的是另一种。"男人接着说,"现在看来,从外地来鹤岗买房的人里,很少有愿意'交流和学习'的。"

他说生活是具有"价值"的,人们要努力去发现"价值"所在。有时我会觉得他说的话很像城市里流行的"身心灵",或是成功学的另一种形式("发现生活价值"的商业理念?)。女生还在禅修和辟谷。

最早来鹤岗的那些人,也不完全都在避世。相反,他们在鹤岗抓住了机会。比如二十九岁的郑前。他在短视频平台上有四十万的关注者,有些视频播放量达到千万级别。很多人都是看到他的视频才来到鹤岗买房。

后来我与郑前相约见面。他留着一头齐刘海的黄色爆炸头,只穿一件黑色卫衣,带我钻进街边一家房产门店。店里不大,桌上有三台电脑,一旁放着茶台和紫砂杯。员工都在外跑房子。他一年能卖一百套鹤岗的房子。

最火的时候,他接受了快二十家媒体的采访。"说过的事情懒得再说。"他说,"我后来直接把那篇最详细的发给记者,再问他们有什么想补充的。"

他坐在电脑桌前,右手玩着脖子上的金属项链。他等着去染头发,想换个颜色,应付年底一家媒体直播。那场直播会请来一些短视频博主,郑前打算向人展示自己的鹤岗生活。平时,他大部分时间都在规划视频、拍视频、剪辑,兼职卖房销售。他每天中午起来,下午开始拍短视频,回复大量咨询买房的微信。他有四个手机,六个微信号,每个微信都加满了五千人。

"我几乎没有个人的生活。"他笑了笑,"其实我最开始来是'躺'的。"

2019年冬天,他看到海员李海的新闻。之前,他在广州做了三年汽车销售，在番禺、从化，跑汽车厂，推销火花塞、雨刮、刹车片，卖车上的配件。他住在白云龙归地铁站附近的城中村，月租八百。他每月挣四千元。到了第三年，他开始感到无所事事。看不到未来，看不到任何希望，工作日复一日，那时的生活并不会让他有任何幻想。他决心到鹤岗买房，然后做《王者荣耀》的主播。房子装修花了两个月。存款见底后，他坐在电脑前开始游戏直播，播了一周多，没有人气，就开始研究短视频。他不知道拍什么，以"广州人到东北"为主题拍摄了各种各样的雪景，还有鹤岗便宜的房子。粉丝很快涨起来。让他意外的是，不停有人问他怎么买房。他开始做起生意来，过了一年，他和鹤岗当地人合伙成立一家房产中介公司。

"我掌握了一些流量的秘诀。"他说。

我问他具体指什么。

他很犹豫。"说了就会被别人抄。"

如今在他的社交账号上，多数是这样一些内容：

> 北京粉丝在鹤岗买了套房子，六十八平方米全款四万，装修四万八，共八万八千，人已入住鹤岗。
>
> 山西粉丝来鹤岗买房啦，四万一套房，你羡慕吗？
>
> 江西粉丝三万九鹤岗安家，究竟为何这样千里迢迢到鹤岗？

"鹤岗有显而易见的好处，我能够掌握这里，城市有几条街道，几个小区，能去哪里，我都很清楚。"他接着说，"在广州，我只会觉得自己很渺小。"

有些女孩向他示好，他拒绝了。他知道自己正处于难得的机遇中，担心错过就不再有，不想把精力花在其他地方。"现在就是我的人生最高峰。"聊了四十分钟，他开始看时间。我知道接受采访多的人会有这种习惯。离开时我们坐上他的车。我问他，这辆车是不是刚买的，看起来很新。他说，他不敢买贵的车，想换辆好点的都不行，这在大城市十分正常，但在小城市就容易招来非议。

他说，要是在街上被别人拍下来，那可就麻烦了。

\* \* \*

我已在鹤岗见到这些人，听见一些声音，写下她和他的故事、经验、记忆。人们来到鹤岗，就像是追寻着那些旧话题：到某地去，到远方去，在路上，"真正的生活总是在别处"。在这里生活越久，我仍然不清楚，鹤岗，这座城市是否真的能让人们摆脱生活的重复、苦闷、倦怠、绝望感——进而来到精神上的自由？我想到人们交谈时的犹疑、沉默，面对经济压力时的回避，谈到未来时的顾左右而言他，也想到了另一句话——"当对时间的感知仅

限于期待一个无法控制的未来时,勇气就会消失。"(西蒙娜·薇依)

另一顿晚餐,我见到一对来鹤岗的年轻情侣。他们做留学中介,正在尝试"数字游民"的生活,有时在海南,有时在西安,现在来到鹤岗。我们聊到对来鹤岗生活的看法。男生说,他能察觉出这里的人们在反对什么,但是,他并不知道,人们究竟在支持什么,提倡什么。

一天,我又来到林雯的炸串店。我坐在沙发上,盯着屋子里的食物,又将目光投向那堆着杂物的阳台,忽然想到林雯曾经提过的水母。

"水母去哪了?"我问林雯。

她那时正在切柠檬片,柠檬的酸苦味道很快传过来。

"两只大西洋不吃饭,饿死了。"她抬起头说。

那是搬到鹤岗的半年后。半年来,水母的身体越来越小,她没找到办法。有天换水,可能没有配对盐的比例,水母当晚没吃东西,第二天死了。又过了一下午,水母身体溶化在水里,没了踪影。这样也好,没有负罪感,她说。但生活还是要继续过。

炸串店生意不好,有时一个下午只开张两单。只要够水电费就行,她总是这样说,但还是会想办法提升销量。外卖商家通常会赠送小礼物。她买来一整箱青皮柠檬,准备做免费的柠檬水。炸串店的外卖评分降到 4 分,她自我安慰,说如果评分太差,就换个店名重新开,但后来她还是让熟悉的客人写上好评。

做完柠檬水，她开始打游戏，队友不在线，她随机匹配了一把。她的手指在屏幕上快速移动。在这个游戏里她似乎能获得现实无法给予的东西。

"不打了，等晚上队友上线。"她说。

随后我们开始聊天，吃橙子，她忽然说："我之前好像在日剧里看到，人生所有的不如意，都是没有能力导致的。"

"怎么突然说起这个？"

"只是突然想起。"

"不过感觉你对现在的生活还算满意？"

"我也有很多想做的。"

"比如呢？"

"比如我也想赚钱，我也想减肥，我也想变美，我也想出去旅游，我也想学画画，我也想学会电脑，然后去做互联网的工作，比如像群里那些人。"她提过几次，她没有电脑，也不太会电脑，要是会门互联网技术就好了。

"然后呢？"

"没有然后了。"她又笑了下。

圣诞节过后的一天，我，林雯，"比亚迪男生"再次相约吃火锅。林雯穿着白色毛衣，灰色百褶裙，一身相对郑重的打扮。她提前买来三个琵琶鸡腿。鸡腿正躺在烤箱里，肉香飘过来。

聊到新年愿望，男生说："希望未来能找个老婆。"

那你呢？我问林雯，你还想谈恋爱吗？

"我谈过一段。"她说。之前，她谈到感情时总是显得很淡漠。"我不追星，也不追偶像，不喜欢看爱情片，做司仪看到别人的婚礼，也没什么特别的。"她的话里没有期待，对亲情、爱情、友情。当我来到鹤岗后，在那短暂的时间里，我成为她交往最频繁的人。我也是第一个在她家过夜的人。

"但这是女生之间的话，还是等他走了再说吧。"她说。她看了一眼男生，吃完饭，她就催男生离开。

男生走了。她说："他可能没办法理解我要说的吧。"

她接着说那段感情，说那段感情结束得很仓促。但她希望我不要写到这段经历。

"这段就略过吧。"她说。

林雯沉默了一会儿。她看着我。沙发背后那张暖灯照着她的脸。和人打交道很累，疲惫，也挺麻烦的，她最后说。

聊完，林雯开始刷短视频。我们每次见面，林雯大约都要刷几个小时的短视频，"鱼头豆腐汤的做法"，三分钟看完的电影，有关奥密克戎的笑话。我在一边听她刷短视频的声音，想到它呈现了一个浩渺无边的世界，但它也支离破碎，我不清楚什么样的情感、记忆或经验能从这些碎片里留下来。

如同水母那样漂着。她对现在的生活满意吗？以后还有更好的选择吗？

她曾经有过一次快乐的旅行。那是在新冠发生前，她按部就班打工四五年了，2019年秋天，她一个人去了海南三亚，住在海棠湾的青年旅舍，楼下是海，有沙滩椅。她在深夜带着钳子和头灯抓螃蟹，早上做海鲜粥。傍晚的天空总是粉红色的，许多人在海上冲浪。她尽可能控制花费，花了三千元歇了一个月。她长久注视着那片海。

# 第二部分

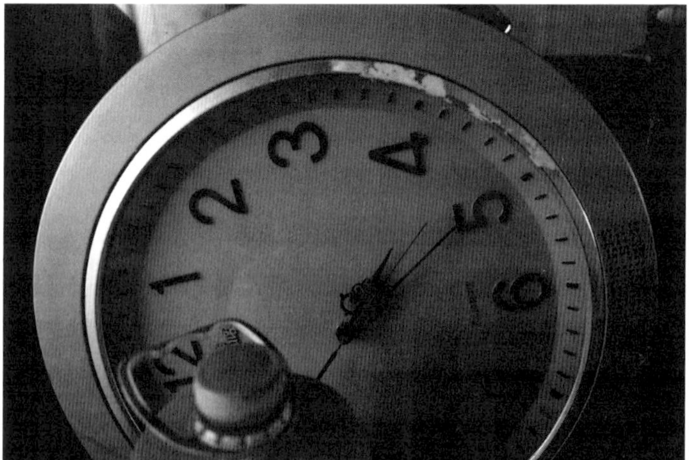

# 一间公寓

12月，鹤岗进入严冬，气温达到零下二三十度。冷带来一种萧瑟的触觉。河流凝滞不动，大多数树木都是枯黑色的，楼下，马路两侧摆着冻鱼。这和我此前在许多地方见到的景象都不一样。比如我熟悉的南方城市，那里街头植物茂密，汗水流下又蒸发，车水马龙，事物每天都在变化，人能轻易察觉出时间的流动。但在这里，一切似乎都在停滞，城市，风景，建筑，还有人们选择的生活。寒冷更是增强了这一感受。

尤其是下雪那些日子，人们独自待在房子里，就像林雯，A，宁夏人。我也一样。窗外别无景致，只有层层叠叠写着"保温"的白色塑胶阳台。我的房间，长条形，大约三十平方米，屏风隔开了卧室（一张床）和客厅（一张沙发）。四层，采光不佳，光线只在阳台短暂停留。黑夜漫长，我买来冻梨打发时间。梨子冻得黢黑，结实，表皮有一层白霜。我把冻梨放在暖气片上，等着白霜逐渐消失。大约一两个小时后，梨的身体变软。我从群里学来方法，咬开一个口子，使劲捏出梨的汁水。那是口味极佳的

123

天然饮品。中午，我用房主留下的电磁炉、煮锅做饭。小煮锅咕噜咕噜响。晚上又来了一场大雪。雪像沙一样飘在风里，暴脾气的风哐哐砸向窗户，这时少有人愿意出门。不过线上群聊从没停过，人们抱怨寒冷的天气，停水，重复发一些网络流行话。

房子安静，我听见水管流动的声音，还有热水器的吱吱声。墙壁很薄，楼道里外卖员步履匆匆，还有软件上催促送单的播报。隔壁住着一对夫妻。早上6点，男人总要咳嗽几声，走下床，传来一阵拖鞋趿拉的声音。后来我习惯从手机里找出一档讲电影的播客节目。我打开外放，听着声音做饭，洗碗，扫地。我没有注意节目具体在说些什么，有人说话会让一切显得好受些。

这还让我想起曾经的一段日子。那是在2020年初，因为一些变动，我辞掉杂志社的工作，在家里待了一段时间。我对与人打交道感到疲惫，想尽力切断与外界的联系。辞职后，我没想好做些什么。然后，新冠出现了，城市开始封闭管理。有天晚上我去买储备物资，大米，蔬菜，香肠。当时北京也下着大雪，街道很空旷，零星几个行人，手里同样提着三四个购物袋。回家时我坐上出租车，广播传来高昂的女声："樱花时期我们再相见，武汉，加油！"

随后很长一段时间，由于隔离，我整天待在家里，打一档叫作《动物森友会》的游戏。在游戏中我有一座岛，我在虚拟的海里抓金枪鱼，收集奇形怪状的恐龙化石。但在游戏之外的现实，我不想与人交往，不回复他人的消息，看着天一点点变暗又亮起来。新冠有所缓解后，我终于走出家门，化好妆，去咖啡馆里假装工作，实际上我无所事事。精神不错时，我和朋友说到曾经看过的一条新闻，讲一个男人厌倦上班，就躲在家里。没有想到妻子中途回家，他更决绝地将门反锁，躲进了衣柜里。

我持续关注着豆瓣上诸如"家里蹲自救同盟""裸辞群众小型交流组织"这类小组。那些小组中女生居多，她们年龄与我相仿，二十来岁，同样在北京、上海或是广州这类大城市生活，也许正面临失业，也许只是待在家里，或者是租住在一个公寓里。总之她们闭门不出，同样试图封闭自我。

她们在帖子中写道：

"二十八岁在深圳出租屋蹲了一年半，感觉对生活越来越没有掌控感，之前还会偶尔出去走走，现在只会宅着，连出门倒垃圾都不想了。"

"没法在家里蹲，又没法出去，为了逃避天天往公园里钻。只有公园是免费的。"

"没有社交，没有朋友，没有网络，困守单间的出租屋，不上班，不出门，靠外卖。我过了半年这样的生活。"

"社会上是否只有一种期望，希望我们努力工作？唯有努力工作的人才能被称作一个有价值的人吗？"

在鹤岗的房子，重新想起这些话，我仍然不知道该如何看待这些帖子和我自身的感受。我们这些人，明明处在——用更年长的一些人的说法——人生中最好的阶段。但为什么我们感受到的是如此强烈的疲惫，以至于我们试图逃避，逃离，或者干脆躲起来？

但将自己真正封在家里的日子并不好过。我的作息开始紊乱。到第四个月，我开始易怒、烦躁，在网络上四处搜索：我是不是出了什么问题？那年年底，我已无法忍受这种生活。当屏蔽一切外在的事物，我像是失去航标的船，不知道去哪里，存在的意义是什么。我重新开始找工作，重新适应按部就班的生活。别去想其他的，最好什么都别想。（当然，我重新找工作的另一个原因是存款花光了。）

回到生活的常态令我心安。我继续上路，见到形形色色的人。

有天，我来到湖南长沙，走过一家购物商场的地铁站。一个年轻女孩站在街旁，面前是一个三脚架，一部手机，旁边放了两盏柔光灯。她在直播唱歌，很多人围着，道路堵塞。这座城市的人们似乎不知疲惫，也从不因黑夜的到来停下脚步。隔天，我去一家短视频公司采访。办公室坐了一百来个年轻人，电脑前是一些修图的脸。墙上有两块电子屏幕，实时滚动着公司短视频账号的粉丝数量。后来，我又来到北京一家卖饮料的新消费公司。我看见一个专门用来给员工加班睡觉的房间,推开门,里面是十张上下铺,就像一个高中宿舍,但没有人在里面睡觉。

另一些时候,我在事故或灾难的现场。比如,在益阳,一家养老院暴雷,有老人跳江自杀,另一个精神失常的老人在江边敲鼓,被人们解读为给逝者的挽歌。我见到敲鼓的老人,他睡在一间KTV里的隔间,两平方米不到,堆满了鼓。KTV主人是他的妹妹,五十六岁。那间KTV也很老了,生意冷清。怎么能放哥哥去养老院等死,女人说,她坐在店门口,嗑着瓜子,一直笑。她的丈夫死了,她也独自一人。接着,白银的一场越野赛,二十一人遇难。深夜,我和同行到了当地,决定直接去殡仪馆碰运气。高速上没有其他车,我们往前开,没有月亮。我们在殡仪馆对面的马路停车等待。一个女孩匆匆跑来,披着一件军大衣。她说起白天去酒店收拾遗物,从父亲的背包中翻出一袋新鲜的李子。我长久记住了那袋李子。

生与死,反与正,热闹与孤寂。每当见到新的人,我总会忍不住提问:你想过上什么生活?常见的答案是钱(或地位)。但更多时候,人们说:我也不清楚。我的困惑并未得到解答,反而有加深的趋势。

这时,也就是在重新回到正常秩序的两年后,我认识了另一个人。最初,我觉得他的生活相当怪异。当我此刻坐在鹤岗的这间房子,无人与我说话。黑夜早早降临,窗外风声呼号,还有干燥的雪。我再次想起他的故事,他的房子,还有我们最终见面的情形。

\* \* \*

申牧,三十四岁,失业接近五年,负债,远离亲人、朋友,待在河北燕郊一间租来的公寓,不与任何人见面或交谈。

公寓在十九层,他在窗户上贴了一层磨砂,这层磨砂令他无法透过窗户看见外面的风景,天空、鸟、对面正在修建的楼房。

长期一人生活,他开始收集房子里为数不多的声音。电饭煲里沸腾的米饭,冬奥会花滑运动员的冰刀划过冰面,纪录频道中藤蔓生长,用筷子将食物送入口中后的咀嚼。他将它们录下来,在电脑里存放。他细心分辨门外快递员和外卖员走路的脚步声。每次点外卖,他都会在订单里备注:"不要敲门!不要打电话!放在门口!"像个警告。外卖员仍然咚咚地敲门。后来他就不点外卖了。

每隔几个月,他的睡眠开启一次循环。第一天晚上11点睡,次日早上6点醒。第二天凌晨1点睡,次日早上8点醒。第三天凌晨3点睡,次日早上10点起。有时是下午2点睡,晚上10点起。黑夜和白天没有分明界限。

有时他出门买菜。一次,他在超市里买来一袋馒头,有个像被老鼠啃了一口。他还是将馒头一直放在冰箱。他不扔东西。按照他的解释，他尽可能保存生活中的所有痕迹，就好像那些物品已经成为身体的一部分。因此，申牧家里放着各种各样的物品。首先是曾经真实属于他的：穿过的衣服，鞋子，恋人送的MP3，明信片。更多是独居后的生活痕迹。冰箱旁放着十六个大纸箱，纸箱半人高，装过牛肉面、宫保鸡丁的铝制薄膜和纸质的方形外卖盒，清洗干净，叠在一起。一个纸箱里装着各个餐厅赠送的纸巾。另一个箱子装着纸质咖啡杯，星巴克的，肯德基的。杯子上有不同活动的印花，春天是樱花，圣诞节是帽子。还有个箱子放着必胜客的比萨小三脚架。

随咖啡赠送的黄糖，随薯条赠送的番茄酱，薯片桶，洗洁精桶，护手霜，柠檬水中的柠檬，滤过的茶叶，剥去米粒的玉米芯，橘皮，鸡蛋壳，鸡的骨头（他将肉剔干净，骨头留下来），还有他的头发，剃须刀刮下的胡须，从耳朵里掏出来的碎屑。这些物品像待在一个现代生活博物馆，各有各的位置。他不会轻易移动它们。

如果单从数量来说，申牧拥有最多的物品也许还是电影。他收集了一整箱电影票，有些票据已经褪色、字迹模糊。他有十一个硬盘，分别装着美国、欧洲、拉美、韩国和中国的电影，已有几千部。锡兰、费里尼、侯麦，这些导演和影片中的人都住在了他的硬盘里。有一个硬盘像铁盒一样，12T容量。他专门用来存放日本电影。

最初半年，申牧和我在网上断断续续聊到他的生活，还有他的过去。

他出生在中国甘肃的一个村庄，那是一片干旱荒凉的土地，当地农民主要靠种植花牛苹果为生。申牧家里也有一个苹果园。他的家境在当地人看来不算好，但也不算坏。少年时期去另一个镇子读书，每周走二十公里泥路，有时太累，中午睡在树林里，走得太久，布鞋磨破了，就用绑带绑住鞋子。他考上一所大专，遵循父亲建议选择飞机维修专业。毕业那年，他的同学们大多数去了航空公司。他选择更稳定的维修基地，来到北京。

维修基地在首都机场附近。经过两年培训，申牧正式上岗，签订一份须工作满六年的合同。每天，他换上深蓝色工服，手持虎钳或是测量标尺，来到车间，维修各式各样的被拆解过后的飞机发动机，检查发动机叶片是否存在划痕或变形：几厘米，多深，方向，位置，是否烧蚀，是否腐蚀，然后在叶片打上"超标"或者"未超"的标识。他有时会用专门的孔探仪，更多时候靠眼睛。他的眼睛总是很酸涩。

他不常加班，除了春运或国庆前后工作会变多。下班后他回到公司安排的宿舍，各种各样的酒店标间。他生活的范围不超过那个园区。他和同事们说不上话，也不爱参加要喝酒的聚会。他逐渐感觉自己逃不出这个硕大的车间。

工作两年后，他开始去电影院看电影。起初是看一些商业片，回到宿舍也看，《7号房的礼物》《教父》《肖申克的救赎》。后来开始看杨德昌的《一一》,是枝裕和的《海街日记》。在电影中,他几乎可以在视觉上抵达任何一个国家,看到人们的生活,那里的街道,风景,树木和海洋。然后是法国新浪潮,再然后,安德烈·塔可夫斯基,基耶斯洛夫斯基。有一天下班,他一口气看完了《灿烂人生》,一部时长六小时的意大利电影。看电影时,他似乎把自己都忘了。

申牧很难说清楚自己发生了什么改变。但他认为,眼前的生活绝不是自己想要的。他花了两千元在网上报了一个学习班,开始在上班间隙学法语。在一张"发动机零部件附件交接单"上,他抄下许多单词:

Monalisa 蒙娜丽莎

Louvre 卢浮宫

Marguerite Duras 玛格丽特·杜拉斯

Tomber amoureux de quelqu'un 爱上某人

他看到一部叫《小森林》的日本电影。电影中,桥本爱饰演的女主角无法融入大城市的生活,回到一个叫小森的村子,森林围绕,她一个人住,秋天收获水稻,夏天喝自酿的冰镇甜酒,早晨吃自制面包和磨碎的果酱,一日三餐,周而复始——我能否离开北京,回自己的家乡过这样的生活?

他在一个论坛上发帖："二十八岁工科男,目前在一家国企做技术员。除了电影没别的爱好,想明年转行,成为一位真正的电影从业者。"

许多人劝他不要冲动,但也有人鼓励他。他说,想到一辈子都要在流水线度过就后背发凉。

有一个自称是纪录片导演的人联系上他。他们签署了一份协议。两人商定,由申牧出钱购买一台RED ONE摄影机,另一人进行拍摄,拍摄完纪录片后,器材归那人,但电影版权归申牧。他们起初决定拍一部返乡题材的纪录片:以申牧辞职离开飞机维修工厂,返乡和父亲一起种植苹果作为故事线。剧本里,他们设定电影叫《爸爸的苹果树》。但合作很快失败了。那人迟迟不随他返乡,另有自己的拍摄计划。相处十来天后,两人散伙。申牧花钱买的机器仍然留在男人手上。

春节,申牧回家,父亲认为他受骗了,也不同意他转行的想法。父亲说,你既然喜欢电影,最开始怎么不去学电影?既然现在已经学了飞机,就好好干飞机。申牧还是带了一台相机回家。冬天,父母需要给苹果树修剪树枝,他拿着相机在一旁拍摄。但父亲看他不干活,嫌烦,把他的相机摔到地上。相机摔坏了。

申牧回到工厂。又过了两年,他再次提出离职,此时离合同期结束还剩一年,须赔偿大约六万块。离职后他先在北京通州租了一间隔断房。六十平方米的房子分成五个房间。他和一对夫妻、一个写代码的大学生、一个女生、一个高中生住在一起。半年后，他决定在同等预算下租一个完整的空间。位于河北的燕郊是不错的选择，来往北京市区有通勤大巴车，半个小时就能抵达国贸，而且房租很便宜。

他决定去燕郊。此后五年，他离那个过往熟悉的世界越来越远。

\* \* \*

鹤岗的房东提醒我，近期情况不明，建议我备好食物，减少出门频次。不过我已习惯了，无论在鹤岗还是北京，都一样。因为新冠，那年生活总是时时变化。我们都不知道该怎么谈论未来了。我打开外卖软件，下单几瓶矿泉水、西红柿、鸡蛋、鸡胸肉、面条。一小时后，敲门声传来。我和戴着口罩、全副武装的外卖员打了声招呼，再将那一大袋东西拿进屋，逐一分类，摆在冰箱。

我坐在桌前，重新翻出申牧发给我的照片。有些是他囤积的东西。比如一盒外卖，已分辨不清原来的食物样子，绿色黄色的霉菌入侵了塑料盒，第一张，第二张，第三张，随着时间逝去，霉菌张开了身体，菌丝复杂，如同迷宫，也像火山的熔岩。还有碎的卤鸡蛋壳，装苹果的塑料盒，剪下的指甲。他将这些东西铺在一块黑色的布上。

在黑布的衬托下,碎指甲就像遥远的星星。

他在日记里写道——

> 发霉的土豆
> 像火山喷发一样
> 泄露了大量的岩浆

晚上,说不清是什么原因,我翻来覆去,失眠了。半夜3点,我干脆起来到洗手间洗了把脸。我从门口走到阳台,又从阳台走回门口。最后,我回到桌前。我翻开了《纽约兄弟》,一本小说。我曾被这个故事打动,现在,我决定再读一遍。

> 在这个世界上,做人就是要面对恶劣环境里的艰难真实的生活,要知道只有生、死以及各种人类的痛苦才能模糊掉上帝这样的形象。

一位朋友推荐了这本书,他觉得申牧就像是书中的主角。后来,我发现这本小说改自一个真实故事,写的是20世纪初的一对纽约兄弟。他们原来身处一个体面的中产家庭,哥哥意外失去视力后,为了照顾哥哥,弟弟也辞去了工作。两人渐渐退出社会,在家里囤积大量物品。

被问及为什么选择与世隔绝,弟弟回答说:"我们不想被打扰。"

1947年3月，警方接到匿名电话，发现两兄弟死在家里。由于家里有太多物品，警察无法打开门，只能打破窗户后进入。他们取出约一百二十吨"垃圾"，包括十四架钢琴，两万五千本书，保龄球，腌制的人体器官，旧款T型底盘，马车折叠顶部，数百码未使用的丝绸和面料，一匹马的下颚骨，生锈的自行车，照相机，婴儿车，无数的报纸和杂志，等等。每天都有两千多人站在屋外观看清理工作。

美国作家乔伊斯·卡罗尔·欧茨曾将这对兄弟评价为现代的第欧根尼。据说古希腊人第欧根尼住在一个木桶中，他拥有的所有财产只包括这个木桶、一件斗篷、一根棍子、一个面包袋。亚历山大大帝去拜访并询问有什么能帮到他。他说：请你不要遮住我的阳光。

"请你不要遮住我的阳光。"就像那天，当我最初去到申牧的那间房子，我首先感受到的就是同样的情形。

那是个阴天。在网上聊了半年后，申牧最终同意和我见面了。我从北京国贸出发，坐上815路快车来到燕郊。街边有一些叫作夏威夷、纳威堡的小区，楼房密集得令人心生恐惧。正午时分，我在小区门口等待，有些焦虑。一个男人朝我招手。他有些微胖，戴着一顶褐色GT Hawkins的棒球帽，穿一件很薄的蓝色棉布大衣，牛仔裤，马丁靴，是容易隐藏在人群之中的人。他很沉默，我看不到他口罩背后的表情,也不知道他正想些什么。

我们吃了一顿仓促的饭。在必胜客。他说长久不见人,实在紧张,一直胃疼。

吃完饭,我提出去他家看看。他有些犹豫,但最后还是同意了。

我们踩着雪小心翼翼往回走,路面湿滑,空气寒冷。他走向一栋公寓楼,周边没有配套设施,只是一栋公寓楼,一个让人睡觉而非生活的地方。

公寓不大。大约三十多平方米,有一张床,一张沙发,一个衣柜。他曾经说的那些外卖盒塑料瓶都整齐地放在门口。窗台摆着胡萝卜皮、洋葱皮、橘皮。窗户贴着磨砂,模糊地感知着光的存在。

回到家里,申牧像回到领地一样,放松许多。我提出想仔细看看这些物品。他从桌上拿起一副灰色的工业手套,将纸箱搬到地上,用刀划开封闭的胶条。那些平日被人们看作垃圾的物品存放其中,尚未分解,没有腐烂。电影票上的字容易褪色。他提前扫描了它们。

电影。是啊,这五年来,脱离现实后,他几乎是彻底沉浸在电影的梦境中。

他有两台笔记本电脑,一台显示器。他在 Excel 表格中将看过的电影分门别类,硬盘越攒越多。他从来不删任何一部看过的电影,哪怕那是部倒人胃口的烂片。半夜醒来,或是下午 2 点醒来,他打开屏幕,随后进入另一个完全不同的世界。还有电影院。就像猎人狩猎会遵循季节的变化,每当各个地方举行电影节时,申牧就会离开家,直到电影节结束,他才回到家里,然后像冬眠一样很久不再出门。

他写道:

《记忆》:记忆、幻觉、梦境这些都不重要,亦无须去解读它们。这是一种前所未有的观影体验,我该如何去描述呢?引用片中的一句诗:我灵魂的每一处细微空间,如微生物的分子一般,产生了无器官的联结。这不是一句褒奖,也不是一种比喻。看阿彼察邦的电影,会忘记现实的时间,会忘了此刻真实的自己。那些废弃建筑下的鸟儿,那些雷鸣和雨声,那些被挖掘被清点的骨骸,那些山坡上的树木,那些台阶上小憩的人,那些河流两旁肆意丛生的植物,那些飞舞的蝴蝶。那个萦绕心头的砰的声音,也许是来自宇宙深处的靡靡之音,来自记忆洞穴里的信号。这是一种无法言说的沉浸感,也是只能从这类非叙事非线性的电影里才能获得的体验。

再比如:

《安娜的旅程》:凌晨 3 点 25 分,我醒来了。我烤了两片吐司、倒了一杯牛奶、切了一个西红柿、撒了点白糖、打开电脑开始看这部电影。导演的另一部影片《让娜·迪尔曼》是我最爱的电影。看完这部电影时，天刚蒙蒙亮，城市的天际泛起一层渐变的橙色，与青蓝的天空接壤，想起那一年在阿塞拜疆的早晨。她穿梭于欧洲各个城市，去往布鲁塞尔的旅途上，遇到了形形色色的人，每个人都有着各自的困顿和哀愁。喜欢安娜的外套，喜欢她的裙子，喜欢她的后背，喜欢她的高跟鞋，喜欢她的裸体，喜欢她在床上反复听电话留言的姿态，我学着她把窗户开了一道小缝，冬日寒袭，世间最美妙的时刻莫过于此。

他情不自禁地想模仿电影中的生活。刚从飞机工厂辞职时，他还有一笔积蓄，决定先抛开眼前的一切去远方。他的第一站是法国。落地巴黎，走在塞纳河畔新桥，买来正宗法棍。他遇到一个打算去瑞士的女生，决定一同前行，两人坐上火车的情侣车厢。那天是狂欢节，车厢里所有人开始接吻。他们对视了一下，也开始接吻。他们一起转去布拉格，吃奶酪火锅，看午夜档《海边的曼彻斯特》。女生来自西安。她方向感真好，他说，欧洲的火车真麻烦，他经常坐错，可她总是能够分清楚。到布拉格，他和女生分别，此后再没有联系。

他继续自己的旅途。在瑞士，他在日内瓦湖边发呆。

在意大利佛罗伦萨，他漫步一整天，不知疲倦。下一站是土耳其。土耳其是导演锡兰的故乡。他去了费特希耶海港，那里青山环绕，停泊着带长桅杆的白色游艇，街边是红顶的房屋。每天他都在海边醒来，看着高大的椰子树和椰枣树，露天餐厅，在沙滩上洗衣服的女人，听着钟楼的钟声。在大阪，他从惠美须町一路逛到日本桥，搜寻演员绫濑遥的写真集。他住在青旅，收集从自动贩售机里买来的饮料罐。半夜睡不着，他就去街上的便利店觅食。

现在，我想起见面那天，他坐在那堆纸箱里——从纸箱倒出来一大堆小票。他戴着手套，一张一张小票往回捡，一边讲起这些旅途。那似乎是他最放松的时刻，像是在讲述终于实现长久以来的梦。

有个网友找到他，说希望拷贝他的电影硬盘资源。他没有回复。后来他在一部纪录片的影评中记录了他拒绝的理由。电影叫《冰川的阴影》，拍的是一个船舶机械师用一台 8mm 的胶片摄影机拍下世界各地的风景。在他死后，这些影像资料被人放到芬兰的跳蚤市场拍卖，买主借此还原了这个人的一生。

>他在世界各地流浪，到过埃及、长城、曼哈顿、冰川、丛林、雪山、高原，甚至是已经消失的印加古城，都被他记录了下来。但没有人认识他，葬礼上也没有亲人，他连个朋友都没有。

前天有人找我拷贝资源，我第一时间就想到了这部电影。

我大概有十一个硬盘，欧洲电影两块，美国的两块，日本一个最大12TB，还有拉美等其他地区的。这里面的每一部电影都记载了我过去这些年迷影的点滴，虽然这段时间在我的人生长河中不值一提，但也是我从青年步入中年重要的阶段，以及我人生的一个缩影。当那些积攒多年的资源突然有了市场价，那种感觉就好像进坟墓。这些资源不单纯是电影。我靠着它们度过了一段体验世界的旅行以及一段坎坷不平的时期。我在想，等我死了，我不会把它放到跳蚤市场上卖掉，我会销毁，也不会留给后代。

重新想起这些事情时已是另一个夜晚。我站在阳台，玻璃窗遍布水珠，映照着模糊的光影。屋里屋外，两个世界，而现实的冷正从窗外那侧逐渐逼近。遥远的汽笛声传来，似有似无，如同夜晚的低语。我回到床边。墙上有一台投影仪。我打开投影仪，一面白色的幕布缓缓降下。我将屏幕调至最亮，从冰箱里掏出一瓶苏打水，再找到一部老电影，杨德昌《海滩的一天》，胶片影影绰绰的斑点浮在墙上。伴随着昏沉的声音，我进入了另一个梦境。

※ ※ ※

大约一周后，天晴，我决定不能再这样待在鹤岗的房子里了。趁着雪停，我下了楼。天空很蓝，阳光切开楼房的身体，上面是白色，下面是橙色，掉漆之处如补丁。花坛的雪变薄了，堆着一叠冻烂的白菜。路上，行人搓着手，有些忙着将雪铲到花坛里。

我拦下一辆出租车，决定去北山公园走走。那是鹤岗一座出名的公园，在城市北部，由鹤岗矿务局修建。曾经它周边有许多冒烟、扬尘的白灰窑、采石场、白灰厂。但现在那些厂已经不见了。公园没有边界，一条长长的阶梯通向山顶。雪像被子一样盖在荒草身上，两侧是树林，大多是极高的白桦。

最初，在听说申牧的故事，还有见到他那天，以及后来我反复想到他时，我实则想弄清楚一些问题。比如说，他为什么选择过这样的生活？换言之，这个问题——后来我向来鹤岗生活的人们也提出了同样的问题——实则是，这种逃离，如果我们能称其为逃离的话，究竟能不能通向自由？所谓自由，是从一个地方走到另一个地方吗？就像人站在一个广场，或是一条漆黑的甬道，此刻，面前出现一些不同的分岔，像手指离开手掌那样延伸开去。分岔尽头会是什么？亮光？一片朦胧不清的雾？又或是黑暗？

我戴着帽子和毛毡手套，迈着重重的步伐往山上爬，扬起的雪粒灌到靴子里面。我想到申牧曾经对我说，刚搬到燕郊时，他住在城中村，走在灰尘扬起的公路——也是那样迈着重重的步伐。他去面包坊买法棍，听见巷子里摩托车刺耳的鸣笛。他无所事事，下午到必胜客或是肯德基点一杯苦涩的美式黑咖啡，戴上耳机，听音乐广播节目。有天他回家，发现赶上由北京延展开的群租房清退。他搬到一个楼房小区，过了一阵，房东通知说要卖房。他再搬到汉庭酒店，住了一整月，每天待在房间看球赛，行李寄存在酒店仓库。接着，他搬到现在这套公寓，然后在窗户贴上那层磨砂。

他想过重新找工作。比如，当身上积蓄不到五万时，他开始在民航业一个专门的招聘网站上投简历，各种各样的岗位，投了很多份。有一次他正在泰国旅行，对方打电话给他说要视频面试。

视频接通。对方问他，为什么这么久没找工作？

此时距离他辞职已经一两年。他没回答上来。

对方说，你没工作还在泰国玩？

那家公司在广州，也是一家民航业的维修企业。面试没过。他又投了一些写影评的自媒体公号，岗位薪资和原来在航空基地时相近，每月工资六千，地点在上海。但公司认为他年龄还是偏大。他刚过三十岁。可能人一旦过了三十岁，就像成为要过期的商品吧，他说。几次应聘失败，他放弃了，开始对家人隐瞒真实处境。

去欧洲时，他发了一条带定位的朋友圈。同村的亲戚看到了。家人由此发现他在国外。父亲害怕他去国外。他接着说，以前在工厂，有去德国大众公司交换的机会，学费二十万。如果此后留在大众，学费可以退还。他问家里能不能先借他一些钱，但父亲不同意。申牧说，在人生的几次重大选择上，他永远无法和父亲保持一致。现在，父亲一个月要打两次微信视频给他，担心他会再次私自跑到国外。

申牧的父母认为一定要有个儿子。因此，他有三个姐姐。父母还认为，这个儿子必须回家，结婚，再有个孩子。他的微信上有许多来自父亲的未接来电记录。如果接通，父亲会说些什么呢？催婚，催他赶紧回家。父亲总说，待在北京没有出路。至于姐姐们，其实他和姐姐原来关系不错。不过现在，姐姐都已有事业，成家，过着稳定的生活。

后来，有部名叫《四个春天》的电影上映。申牧买票去看。在电影院，他看到一半，离场了。那部电影同样讲述了一个年轻人返乡拍摄自己家庭的故事。他有些失落，想起曾经写过的剧本，被父亲摔在地上的相机。他第一次看电影中途离开。

我继续在公园里想着申牧的故事。走神后，我才意识到已离最初的入口很远。我不知道该继续往哪个方向走，就决定沿着道路爬到山顶。山上树林更矮，空气冰冷彻骨。我大口喘气，冰冷的气息就像在肺里凝结。太阳快落了，远处出现一片淡淡的橙色。我打开手机搜索导航，手机立刻被冻得关机,我只好站在观景台注视着山下的一切。远处,高层住宅、低矮的平房、田野、城市、道路,整座城市覆盖在白雪之下。有一对老年游客经过,他们在山顶停留,接着继续向前走。我想到人的来处、故乡、家庭,也想到人的去处,想到申牧说起家乡的村子,他摘完苹果,翻过整个山头,找狼毒草,满天星,摘来一束,放进茶杯,送给姐姐。还有在冬天出现的鸟,背部是黑色,腹部是白色,如同宝石蓝的羽毛。鸟在雪上跳跃。他那天说,如果能够回到故乡,一个人过,自由自在地生活就好了。但现实是,当他待在公寓,从第三年开始,他逐渐远离人群。飞机工厂的师傅发微信,问他在做什么。他没回复。姐姐问他,为什么不回家过年,感觉你与我们隔绝了。他也没回答。积蓄花光,他开始借网络贷款,日息万分之三。有三四个月的时间,申牧陷入黑暗。他一个人去便利店吃便当,也会提前在手机下单,避免和店员说话。更多时间,他待在公寓。唯一的动静来自窗外——偶尔飞来鸽子落在窗沿,为了宣示主权,他赶走它们。此外,一个网上相识的女孩每周给他打一次电话,只为确定他没死在公寓。

他打开手机拍下视频:一个人吃饭,桌上电脑正在播放日剧,时间一分一秒流逝。视频中他渐渐发胖。一天他剃光头发,搬来台子,站在家里演讲,讲过往经历和失业天数。他希望能通过这样的方式逼着自己说一些话。下一个视频——房东来检查租房状况,他终于起身,打扫三四个月未清理过的屋子,扔掉所有发霉的外卖。再这样下去也许会自杀,他想。他鼓起勇气去看医生。

医生开了药,一片片混着水喝下去。说不清是药的作用,还是新冠来了,总之,当新冠流行,限行开始,他变得平静许多。他很惊讶。闭门不出不再是件怪事了。

我们见面那会儿,说不清是由于惯性,还是他未能找到返回现实世界的路径,总之,他还是按着原有的节奏继续生活。他坐在地上拆开纸箱,随后将它们放回原来的位置。对物体的迷恋和封闭自我几乎是同一时刻发生的。在工厂工作和拍纪录片失败的经历,让他认识到,人的行动随机且深不可测:下一秒去哪,午饭吃什么,晚上听哪首歌,明天见到谁,信任,依赖,或是欺骗,背叛,隐瞒,它们随时会打乱生活的步调。而太阳照射世间的角度,天空蓝色的密度,宇宙射线抵达地表的时间,动物迁徙的规律,这些节律永恒不变。因此他宁愿和物品生活在一起。

随后几天,我们一起翻看他电脑里的相册。有故乡的苹果,看似无法走出的大山和荒凉的村庄,苍老的父母(皱纹深深刻在脸上),谈过的恋爱,女孩脸上的笑容,庞大明亮的工厂,还有在欧洲的旅途。不过那都是很久以前的事情了,他的生活从某个时刻开始错位和偏移,而这五年就像一个真空地带。他不知该如何离开,也不知道该去向哪里。

"这样的生活还会持续多久？"

"我也不知道。"他说。

现在，停留在脑海中，我们分别时的情形——我们不知道该再说些什么，陷入长久的沉默。过了很久，太阳渐渐落下，申牧没有开灯，房间变得昏暗。屋里恢复到它本来的样子，寂静无声。我想起申牧曾在几篇日记中记下同一部电影。电影中，一名老人每天坚持写日记，直到六十岁，有天，他把所有的日记都拿出来在庭院里烧掉，然后，第二天，他又拿出一本新的日记本，一切重新开始。申牧为什么钟爱这个故事？我们就这样坐着，似乎过去很长一段时间。然后我决定离开。他送我到楼下，在我坐上返程的车后，我回头看，他已经消失在黑暗中。

我想着他的身影，那个消失在黑暗中的影子，继续走向松树林。我无法再忍受这样的寒冷，决定下山，松绵的雪一步步塌陷。我走上一条小道，循着路灯走。天越来越暗了，现出一片密度均匀的深蓝，远处那道橙红色晚霞愈加绵延，如同河流向远方。万物轮廓清晰，山峦、树林、昏黄的路灯。我走向城市，回到温暖的屋子。明天，我继续在鹤岗的生活。也许，我还是应该离开这间屋子，走出门，去见人，交谈。我见到另一些人，比如王荔。我后来经常到她的家里。

# 第四部分

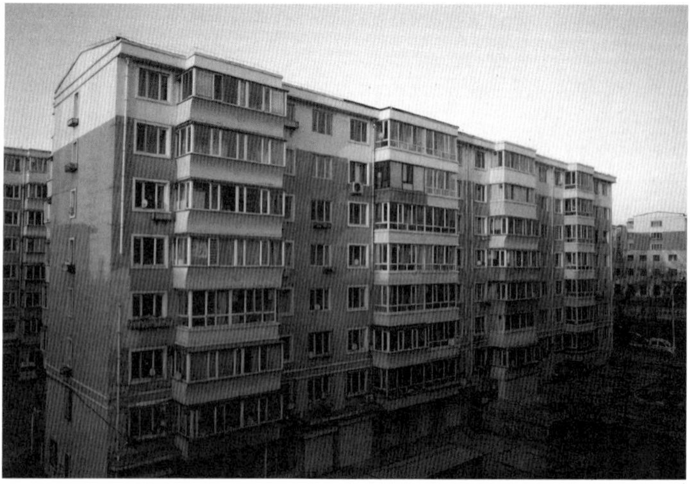

## "把坑填满"

来鹤岗开始新生活。王荔这么想，对其他人也这么说。那年她二十七岁。

她从广州来到鹤岗，开始房子买得匆忙，还带着房东的老装修，蒙尘的电视布艺花罩，红木门，一张老沙发。她买来一桶淡蓝色的油漆，站在梯子上刷墙。梯子买矮了，她又是小个子，刷到天花板时，油漆滴在脑袋上，就放弃了，现在边上参差不齐的。房间安上蓝色窗帘，上面有镂空的星星形状。房子敞亮，每当天亮，太阳照进来，晃动的星星落在床榻。阳台有盆栀子。栀子越长越密，一年开两次花，花开时香气溢满整间屋子。

后来她还有了只猫。猫原来是被另一个来鹤岗的男生遗弃的。英短蓝白，正八脸，鼻子有颗痣。她给猫取名叫胖太，希望猫能长胖一些。猫刚来她家时瘦乎乎的，但很快就肥起来。她时常通宵工作，白天睡觉。猫一直在她的身旁。

新的城市。新的房子。新的朋友。新的微信。新的身份。

来鹤岗的人大多不爱谈过去。她也是。如果在一些场合要谈起，诸如家庭，过去的工作，她还是会回答。但后来人们才得知，面对不同的人，她说的也是不同的答案。爸妈早就离婚了；爸妈在老家做生意呢；爸爸在浙江开厂子。她没提过妈妈早已去世的事。在她的叙述中，那是一位常见的母亲，辛苦，多年不休息。妈妈，妈妈真是辛苦啊，为了那个家，工作得那么辛苦。

其他人眼里，她热情，爱出门走动。这不算寻常。来鹤岗的年轻人大多生活在自己的房子，但她喜欢在群里吆喝，有人今天一起去打剧本杀吗？有人一起逛早市吗？有人想去北山公园吗？后来她也放弃了，多数时间还是只有她一个人。夏天，她去北山公园，看那里的森林、湖泊，还有游走的水鸭。有次她追着两只水鸭跑。唉，你看，她后来说，那鸭子都不理我。她爬到山顶去看落日。可能因为纬度高，鹤岗的落日真是漂亮。经常到下午三四点，太阳快落了，天深得像海，随后，远处出现一大片流动的火焰，那火焰会将整座城市包裹起来，只要见过一次就忘不了。

你们真该去看看北山的落日，她说，太美了。

不过，她说不清，就像她始终觉得生活有部分没法填满。有天，她在墙上贴了四张提醒自己的便利贴。其中一张写着，把坑填满。在"坑"字旁边，她又补充："(→自己)"。想要填满的究竟是什么呢？

鹤岗冬季萧瑟。大风卷着雪，袭过楼房，行人，路旁黑色的松树。窗外总是白茫茫。她想到那个从楼上跳下来的男人。她下楼，看见一群人围着，走过去，看到一床卷起来的席子。

生活的目标就是挣钱，挣了钱，就有能力养老。她总是这么说。她爱讨论养老的事情，还想过未来离开寒冷的鹤岗，去云南买一个带阳台的小院。

睡不着的夜晚，她躺在床上，抱着龙猫抱枕，打开短视频软件，听一个男生唱歌。她有时会给他刷嘉年华，让他唱陈奕迅的《好久不见》。她爱旅游，去过西边的大理，东边的平潭，看海里的蓝眼泪，在一座山上擦破脚踝。后来，她还飞到更远的地方，巴厘岛，走在悬崖边看海，买猫屎咖啡做纪念礼。回来路上，她在飞机上遇见几个华裔，还说，未来要一起在印度尼西亚投资奶茶店。她可能是希望用这些来填满什么吧。

\* \* \*

我和工荔一起在九州松鹤小区里踩雪。夜里12点，她在雪地里跳跃，留下一串脚印。一间阳台挂着成串彩灯，有些昏沉。街道空荡，寂静，只有风声。寒意从鞋底渗上来。我们沿着九州松鹤的外沿走。看到天气预告，她在群聊里问有没有人一起下楼看雪。见面后，我们走到主干道。雪经过车辆碾压结成天然滑梯,她一步一步滑下来。走完一圈,有男的跟在我们身后,她悄悄提醒我快走。她说,在这里遇见过自言自语的疯子。白天,一些老人在垃圾箱前拾荒,面庞遮掩在厚厚的帽子和口罩背后。有人在楼房的角落里撒尿,将雪染黄了。

"住在这里,你要小心。"她说,"鹤岗本地有点钱的人都不住这儿。"

第一次见面,王荔站在街头,及肩鬈发,裹在一身黑色羽绒服里。我们约着一块儿吃云南米粉。风中,她端着一碗油泼辣子,说这是用绞肉机打碎,再用油炒的。这儿真没什么好吃的,她说,不吃点辣椒,这日子简直没法过了。

她住在我背后那栋楼。就这样,我们约着一起去她家看猫,一起喝鸡汤,越来越熟悉。每次进门,王荔总是习惯将门反锁两圈。她说邻居是个中年男人,总来敲门,有时还在楼下等她。她报过警。警察只说让她进门反锁,同时给她留下一瓶辣椒喷雾。但如果要搬家,她又觉得麻烦,打算先忍耐再说。

过去的事,她最初提及不多。前几回,我打量着这间房子,沙发上的熊玩偶,深浅不均的蓝色墙漆,门口的鸵鸟蛋。她习惯穿一身毛茸茸的睡衣,坐在电脑前。我在床上坐着,看着她的背影。她从哪里来?她为什么来到这里?

有天她喊我来喝酒，到时，桌前已放着一打青岛啤酒，一袋花生米，还有几袋薯片。她拧开啤酒，递给我，自己也开了罐。不一会儿啤酒瓶空了。猫走过来，在沙发找到角落躺下。我们碰杯。这时，王荔讲起过去的事：

你知道，年轻的时候都想往外跑的。我老家是四川泸州的，毕业后，我第一站就去了北京，那时候北京还有好多工厂，我表姐在那儿，昌平一个服装厂。我也去了，厂里什么衣服都有，我就弄牛仔裤的扣子。但干了两月就走了。然后我就到广州，学了设计，到一家淘宝店铺做美工，做了三四年，每个月七八千工资吧，但是真的是太累了，早上9点就得去，到晚上9点才能回来。

广东热，你有没有经历过广东发霉的回南天？墙都是水，湿答答的，摸上去手一层水。当时我住在番禺郊区那种小公寓，你看过日本动漫没有，一长条，一户一户的。房租每个月三千多。那时候有新冠，我心情也不好。楼梯灯坏了，房东让我们给他摊钱，平常抠门就不说了，连这个灯都要抠，凑的钱都够给他买豪华大吊灯了，我和他大吵一架。我受不了，在网上搜房价便宜的地方，就来鹤岗了，我也只买得起这里的房子。

她讲到来鹤岗的那天，住了家简陋的酒店，认识中介后，没过几天就买房了。第一次有房子，那感觉就像是有了退路。

  我不知道会在这里住多久，可能住一两年就回家了。在家的时候，我妈每天骂我，我怀疑她更年期到了。我和爸爸关系也还行，骂是骂，但还是一家人。现在爸妈在老家做点小生意，还不能退休，我有个弟弟，真的，马上要结婚，用钱的地方多了。他自己赚的钱不够花，还娶妻生子，我说你还有勇气娶老婆生孩子？他也就是公务员，工资几千块钱，老婆也是公务员。

  我特别排斥婚姻，就是因为我妈太辛苦了。我从小看着妈妈辛苦到大，她没有一天是休息的，在我的印象中，她早上天不亮就出去了，家里那时候还有几亩地，除了打工，还得回家种地。为了孩子，为了孙子，把一切都牺牲了。我妈想要我走那条老路，我坚决不走。

她还讲到老家，说到泸州的山，山上的雾，山下的小镇，大片油菜花地，还有同学，其他人早早结婚生孩子，她们就像身处两个世界了。

能离开原有的生活，还有最直接的原因：金钱。

"我算是幸运的。"她继续说,她爱看漫画,《海贼王》《灌篮高手》,也看很多没人知道的。总之,她意识到那些漫画能赚钱。辞去美工工作后,她开了自媒体账号,从其他国家的网站搬来漫画,比如韩漫和日漫,推荐新番,再招聘翻译和嵌字。搬运的漫画多讲爱情,"能让人心扑通扑通的类型",她也最爱看这种:

"昨天,我满脑子都是你。(猛抓,紧紧握住手)是因为喜欢你,才会这样的,因为爱你……"(《海边之夜》)

"仔细想来,哪有家人会十年都不联系一次呢。是我想得太好了,我还以为他们有什么隐情,只有我还紧紧抓着代表家人的那根绳子,我走了十年,终于走到绳子的末端——那里却没有任何人……太好了。"(《四周恋人》)

搬运漫画的公众号和微博很快有了三四十万粉丝,她的收入也是原来的两三倍。汉化组越来越大,她是负责人。不过对于她的现实生活,那个世界里的人了解不多。她和汉化组成员只通过网络联系。

"工作上说的都是工作的事,没人关心你的生活,一点儿也不关心,只是无聊的时候吹两句。"她说。

之前,她要写"校园情感"类的漫画脚本,就在网上搜有关爱情的"格言",发到鹤岗定居者的群聊里。

1. 我们期待爱是永恒的,但是爱是流动的。
…………
10. 爱你是我唯一重要的事,莱斯特小姐。有人认为爱是性,是婚姻,是清晨6点的吻,是一对孩子,也许真的是这样的。莱斯特小姐,但你知道我是怎么想的吗?我觉得爱是想要触碰却又收回的手。

"还谈啥爱不爱的。"群里人多是对爱情充满怀疑的独身主义者。
"我还想遇见真爱啊。"她回。

在广州,我家常备啤酒。那时候分手,有点嗜酒,喝了一罐还想喝一罐,只要有啤酒,全部喝光。等来鹤岗的时候,我才算走出来,真正想要重新开始了,但是,我发现没有人能让我重新开始了。

我们举起杯子,又碰了一杯。在鹤岗,我认识的人里,少有人像王荔这样愿意讲对爱情的渴望。其他人爱拿她开玩笑,叫她"恋爱脑"——这是个庸俗的流行词,但在某种程度上也体现出这个时代人们对爱情的看法——什么样的人在当今还信仰爱?也许是过于天真,如同现在的人们看待"理想主义"一样。她又讲到来鹤岗后对一个男生动心的经历,沉浸其中的快乐,好像陷入爱情能让她忘掉自己。

酒快喝光了。我们还没醉。王荔打开美团,搜到一家便利店,又下单了四罐果啤。

"我一个人喝酒的时候,就喜欢看《灌篮高手》。"她说。

"你最喜欢里面的谁?"

"我喜欢樱木,不喜欢流川枫。这酒不好喝。"

"你为什么喜欢樱木呢?"

"你去看就知道了,流川枫是天才,但樱木是一个普普通通的人,然后他一步一步努力,就像我们一样。"

原来在广州,她经常和同事一起去喝酒,唱歌,玩狼人杀,城市生活丰富多彩。到鹤岗后她就是一个人活着了。尤其下雪那阵子,路上湿滑,她出门很少,有次还在路上摔了一跤。白天短暂,黑夜漫长。第一年冬天,她觉得难以忍受,想离开鹤岗。后来她加进鹤岗的群聊,认识了其他来这里生活的年轻人,才决定又留下来。她很活跃,总在群里说话。

"出去见见人,你得跟人说话,不跟人接触,不跟人说话,真的会生病。"听说我睡不着,还找共同认识的人开了些助眠药,王荔以一个过来人的姿态说。

"你像群里那些人,我真搞不懂了,他们怎么能那么久不出门？那么久不和人说话？"

"可能因为这样，大家才都养猫。"我说。

她点点头。"有只猫会好一点。"

"你的生活目前有什么目标吗？"我又问王荔。

"赚钱。"她说。

"赚钱是为了什么呢？"

"赚到钱，才有能力养老。"

"我老听你提养老，你怎么这么在意这事？"

"你不害怕吗？我老想，来鹤岗之后，这辈子可能会孤独终老，每次在街上看到那些捡垃圾的老太太，我心里真害怕，你知道吗？我特别害怕。"

"就像我这种人，可能在这死了一星期都没人知道。"她继续说。

"那不会的。"我说。

"在这里，一个人在外地，跟邻居也不熟。比如说，我跟你还有 A 算熟的，如果我一个星期不在群里说话，你们会来找我吗？"

"肯定。"

"你们可能会发现我的尸体。"她笑着说。

当时，我以为这是她的玩笑话。来鹤岗的年轻人都爱这样说。群里，人们说如果谁好一阵子没说话，就互相上门看看。我参加另一次饭局时，一个女生说她从夜里 3 点睡到第二天晚上 9 点，醒来都不知道几点了。桌上一人吓唬她,说别死在家里变臭了都不知道。女生揍了他一拳,说她在家能出什么事?

酒喝完,我们醉了,并肩躺在床上。隔壁一个女人正在吼叫。王荔耸肩,她说已经习惯邻居的争吵。我听不清女人具体在吼什么。摔东西的声音,墙壁这头只听见一些喑哑的闷响。接着是一阵火车汽笛声。那天依然有夕阳,此前远处的马路笼罩在一片红色里,还有那些房子。不过现在,天黑了,窗外景象很空旷。猫跳上床,她摸了摸猫。我想着她一个人生活的情形,从窗外看来会是什么样子?亮着的白炽灯,她站着,或是坐在桌前,她往窗外看去,她在想些什么?

# 剧本杀、饭局与猫

到现在，我也无法确定，在鹤岗的人多大程度上愿意袒露自己真实的内心。我也不确定，即便有人愿意谈论，其他人又是否真正在意或好奇。大部分时候，人也许更关心自己。人面对自我本就是个困难的事，又来到了这样一个不知会待多久的地方，处在临时的状态里。即便大家坐在一起，言笑晏晏，内心也早已划下了界线。我很快接受了这里的规则：控制自己的好奇心，别多问，别深究真与假。大家彼此称呼网名，不打听真实名字，不对他人的过去刨根问底。如果有信任，有友情，也接受它随时结束的可能。

有一天，王荔在群里说，她想去玩剧本杀。我不知道那是什么，但决定去看看。王荔给商家打了电话，约上我和此前见到的女生A。碰头后，我们钻进一辆出租车，来到有酒吧、剧本杀店、桌游馆的二道街。路上我们有些兴奋，也有些紧张。王荔说，她爱玩这些，觉得这是认识新朋友的好机会。但鹤岗年轻人少，想组局得碰运气。A和我都是第一次玩。

商家约来三个年轻男生——商家通常会安排同等数量的异性玩家。他们身形很宽，正在大堂里坐着等待。我们走进一个密闭的房间，坐在桌前。桌上放着角色名片，还有薯片、碳酸饮料。男生坐一排，女生坐一排。我们将厚厚的棉服脱下，挂在墙上。桌上放着六份剧本，名字叫《告别诗》。"这个本在全国都很流行。"工作人员说。

剧本很厚一沓，有关六个少年少女。每人领到不同角色。王荔的角色叫林星落，哥哥患白血病，她出生只为给哥哥提供脐带血，此后寄人篱下，直到父母离世才搬去和哥哥一起生活。我的角色叫楚云歌，遭受校园霸凌。A扮演苏澄，家里遭遇纺织厂大火，父亲患有尿毒症。我们同住在橙花街，同读一所学校，男生是我们的哥哥、同学或爱慕的人。中间，男生女生搭着彼此的肩膀。工作人员想着办法令我们发出笑声。有个环节是男女两两成对，分别拿着一个纸杯，中间用红色绳子连着，互相说"我喜欢你"。我们照做了。但我始终无法进入这样的氛围，感觉像在受罚。

那天，王荔在刘海上夹了个粉红色夹子。她捧着剧本，很是投入，按照剧本一字一句读——

林星落的任务：
向大家炫耀一下你和陆泽远的迪士尼暑假！
打听一下这个暑假大家都在做什么，一定比不上你和陆泽远的烟花暑假!

隐瞒给顾言准备的惊喜。

当剧情推动到结尾时——高三那年,有一半人死于一场地铁灾祸——我们扮演的实则是一些幽灵。十年后再相聚,我们——角色们来到墓园,向过去的感情告别。

音乐响起,在场的人哭了起来。我对面的男生在哭,Λ和王荔也在哭。

"你怎么不哭?"对面的男生问我。

男生女生们用纸巾擦完眼泪。演出结束了,我们从剧本中回到现实。剧本收走,进入交谈环节。男生们二十岁出头。两个男生说,他们去年刚刚毕业。一人说,鹤岗的年轻人都往外跑呢,留在这儿找不到工作。后来我得知,他们一个人留在这家剧本杀店做店员,另一个去了养鸡场。最后一个男生 我此前提到的鹤岗"富二代"。他说刚从外地回到鹤岗,准备去做公务员。

"省编的,而不是市编的。"他强调。

"你们鹤岗本地人是不是人均三四套房?"王荔问。

男生没有犹豫。"我有四套,一套高层, 套复式,一套多层,一套别墅。"其他人没说话,他接着说,"马上明天还要过户一套。"

"鹤岗的一套别墅多少钱?"

"一百来万吧。"他说,"但鹤岗房子,不值钱。"

注意力来到女生身上。"你们不像是本地人。"一个男生说。

"我们都是外地的。"王荔说。

"来鹤岗干什么?不会是来买房的吧?"另一个男生说。

"对啊,我们都在鹤岗买了房。"A说。

"还真买了房啊?"他们有些惊讶。

不过,对话就到此为止了。活动结束,我们建了一个群。"富二代"在群里分享日常生活:车坏了,正打算修,也可能换一辆更贵的车,这两天只能骑着台荣摩托去街边买蛋堡。他问我们要不要去骑马。另外两个男生后来不说话了。

"男的一炫富,八成想泡妞。"回九州松鹤的路上,王荔说。

接下来一周,每到晚上,王荔结束漫画工作,A结束游戏工作,我们又去剧本杀馆玩恐怖故事、推理故事。有天,我们坐在装潢成血红色的房间,谈论凶杀、鬼怪、诅咒、探案,在有工作人员扮演的幽灵房间尖叫。三次体验后,我们很快失去兴趣。A恢复两周出门一次的频率。王荔时常在群里说,好无聊啊。

但人毕竟是社会动物,还是想和人一起待着。哪怕只是一起演一场剧本杀,能坐在桌前,扮演一个角色,念台词,假装有感情,戏散了随时离场,也好过总是一个人。

在鹤岗也是这样。人们相约在干净明亮的餐馆，吃着冒着油的五花肉片，喝有浮沫的啤酒，来一局卡拉OK，牌桌上的方块或梅花。群里人称呼这种关系为"饭搭子"。

那天，宁夏人组局，王荔、A，还有个男生，我们第一次相约吃饭。宁夏人开着宝骏保姆车接上所有人，来到一家音乐餐厅。餐厅很吵，一对中年男女在台上唱歌。人员到齐后，人们围坐在一起，但似乎不知道该说些什么。等菜时，人们还是在手机上打字，在微信群里聊天。台上的歌声盖住了我们的沉默。吃完饭，宁夏人提议一起去唱卡拉OK。我们继续坐上他的车，车子晃晃荡荡，音响里放着花儿乐队的《静止》。到卡拉OK，点上一打雪花啤酒，宁夏人是个麦霸，唱《纤夫的爱》。其他人不太唱歌，拿来扑克，一直打牌。最后，来到"鹤岗小串"烧烤店，人们开始谈论群里的玩笑话，比如王荔以前的恋爱经历。

"你个恋爱脑。"宁夏人说。

"恋爱脑怎么了？我想遇见真爱，这有什么不对吗？"王荔又说。

"但在鹤岗想谈恋爱，就像在垃圾箱中捡金子。"A说。这是句玩笑话，但另一面也讲到现实之处。鹤岗年轻人少，能让王荔动心的"理想男生"就更少了。

"我已经和父母说了，我给你们养老送终，但别想让我结婚生孩子。"宁夏人又说。

A和他碰杯。"英雄所见略同。"王荔也碰杯。

不过,没人谈论过去,共同的兴趣和话题也不多。一打啤酒下肚,只有宁夏人还在说话。他说自己之前在银行工作,辞职后去河南平顶山一所乡村小学支教。那个村子太穷,穷到没有自来水,只能接雨水喝,我当时还想过给村子修路,你知道得要多少钱吗?个人的力量太小,真的,他一直说,现在他有些后悔,还不如一直在银行里待着。

桌上只有我在听宁夏人的讲述。王荔和A垂下头,刷手机。她们没太多兴趣。王荔只想回家,此时快夜里12点了。从我们上次打剧本杀见面起,A快十天没出门,今天提了四袋垃圾下楼。我想和A聊聊,她往后退缩。她总是以玩笑话来掩饰与他人之间的距离。

一周后,宁夏人又请我们去他家吃饭。他热爱张罗一切,我们几乎什么都不用操心,他备餐,洗蔬菜,切肉,切蘑菇。他有一个双开门大冰箱,里面有很多料理包——卤肉饭、日式咖喱土豆饭、腊鱼、榴梿雪糕。我们拿走冰箱里的食物,他也只是笑笑。但正因为在鹤岗生活的人们不轻易谈论过去,人们也不知道哪些是真,哪些是假。有人提到一个女人的恋爱故事。另一人说,可是这有证据吗?

"说不定哪天有一个人说,我其实离异,带着两个孩子,谁又知道真与假?"女生说。

"那你在鹤岗做什么？"王荔问她。

"在网上卖卖游戏装备。"女生说。她继续刷手机。

饭吃完，人们又不知该聊什么了，就到宁夏人的健身房中去看猫。一只长毛狸花，不过巴掌大小，是宁夏人前阵子从装修店里捡回来的。猫躲在健身器械的角落。"天哪，这也太可爱了。"王荔说话总是很昂扬。她给它捏了鸡蛋黄吃，又掏出手机拍照。宁夏人给猫添粮添水。每个人都上前摸了一把猫。

气氛轻松起来。在鹤岗，猫总是最好开启的话题——谈谈猫吧。这只猫是如何来到你的身边？它为什么叫这个名字？它亲人，还是恼人？它爱玩逗猫棒，还是硬纸箱？它喜欢弓起身子满屋跑，还是一直躺在窝里懒得动弹？它会趴在你的胸口睡觉吗？谈谈猫吧，到此为止，安全，绝无可能造成冒犯。人们知道该问什么，该回答什么。来鹤岗的人里，几乎人人都有猫。

讲到猫，不得不提到在场的女孩C。C将宁夏人的狸花猫抱在怀里。猫用爪子抓着她的卫衣。C二十九岁，扎着马尾，掉发有些厉害，戴副眼镜，像只疲惫的熊。她开网游工作室，卖游戏里的虚拟物品。半年前，她带着六只猫来到鹤岗。前阵子过生日，宁夏人送了她一只小泰迪。现在她的家里有六只猫，一只狗。

这桌人里，C只和宁夏人相熟。面对其他人，她总是一副警惕的神情。后来我才知道原因。最初我加她好友，我的微信没有注明性别。她的微信头像是个露着肚脐的苗条女人。之前群里有陌生男人加她。"他问我,我总是不出门,花钱还大手大脚,是不是被包养了?我说你有病,关你屁事。"此类烦心事发生过不少次。"我的生活,你别来指手画脚。"

我第一次见到C是在一场烧烤聚会,那次宁夏人也在。烤盘里有生牛肉、里脊、香肠吱吱响。直筒油烟机将烤盘产生的油烟抽走,发出沉闷的轰鸣声,肉的香气。桌上摆着鹤岗本地饮料"小香槟",绿色玻璃瓶里冰淇淋味汽水泛着气泡。C拿来打火机,点娇子烟,烟头亮起橙色的火光,随后又熄灭。

C在聊她的猫,讲在鹤岗如何给猫洗澡的事。我听说她一个月才出门一回。

后来我到了C家里。她住在鹤岗很偏远的角落,离开城区,穿过低矮的村庄,还有一些灰色薄膜搭建的蔬菜大棚才能到她家。大棚搭在路边,像发光的虫茧。顺着主路,来到没有边界的楼群。她家处在边缘中的边缘,背后雪原深不见底,整齐干枯的松树像哨兵列成一排,粉色的晚霞就在不远处,一小点月亮升起来。这里听不见鹤岗城里常常能听见的火车汽笛声。

六只英短蓝猫藏在家里。猫长得一样,深灰色的皮毛,威士忌颜色的眼珠子。其中两只折耳、一只矮脚。她钟爱英短蓝猫。我在屋子里寻找那些漆黑的影子,床底下，窗帘背后，最后那只躲在卫生间洗手池下面。泰迪很吵，身上剃了毛后小得可怜。每当我们去摸猫时，泰迪嫉妒得去打猫。过了一会儿，猫习惯生人的到来，深蓝色的影子从一个角落蹿到另一个角落。

在宁夏人的介绍下，我和C单独见过两次。但想和她聊更多还是很困难。她下午3点才起来，没吃中饭，刚洗完澡，头发湿漉漉的。她走到厨房，做土豆烧腊排骨，蛤蜊汤，豆干炒五花肉。做完饭，她回到电脑前。

"你睡觉时猫在哪里？"

"看它们心情。"

"你今天做了些什么？"

"什么都没干，刚睡醒。"

"昨天什么时间睡的？"

"打《超击突破》，玩了一晚上。"

"自己玩还是和谁一起呢？"

"别人陪着我玩，我给人钱，人家陪我娱乐，这不是很好吗？"她沉默了一会儿，继续抽烟。"很乏味，没有工作让人乏味，我感觉找不到自己存在的意义，就很难受。"她的目光转向电脑，右手嗒嗒地敲着鼠标。

电脑屏幕里显示着游戏、YY频道。虚拟房间不断弹出消息。她看了很久——老板约陪玩见面的桃色新闻，陪玩之间的钩心斗角，诸如此类。她爱点游戏陪玩。最近打一款射击游戏，她每晚固定点三个陪玩：两个男生，一个女生。四个人组成一支队伍。陪玩价格一人一小时五十元。她一晚上能花掉七八百元。刚来鹤岗那阵子，她几乎每天都找陪玩打游戏。她在一个男生身上花了两三万。后来，那个男生说要来鹤岗找她。

她笑了笑。"我说，那你用什么身份来找我。如果不是我给你钱，你会跟我说话吗？"

打通电话后，她和陪玩分享彼此的生活，游戏战术，也聊一些琐事。金钱建立的关系在某些时刻是稳固的，也能够换来话语权。她随时喜新厌旧，腻了就换一个人。她并不知道陪玩的长相，彼此了解仅限于声音，游戏，金钱上的来往。她对现在固定组队的三人很满意，"反正，情人节，三个人都给我发红包，我过生日，个个都送我礼物。"

此前的一场饭局，她讲到过去。她说，她出生在重庆的一个村子，父母在养殖场工作——

> 我记得特别清楚，我听到最多的一句话是，你要是个儿子，就没有你弟弟什么事情，可是男是女我能选择吗？爸妈之前外出打工，四岁我才见到他们。不知道为什么，我记得那么清楚，妈妈回来，给我买了一条裙子，还有头上的扎花，我好开心，可回来的时候头花被摘掉了，妈妈看到花没了，反手就是一巴掌。她像是第一次意识到有个女儿可以打。十三岁，

弟弟去河里游泳，妈觉得是我的错，是我没看住，放了一池子水，把我的脸往里面按，不是亲戚拦住，我应该已经淹死了。

"要一份醋泡海带。"说到这里时她停下来，叫来了服务员，继续剥虾。她说话的声调忽高忽低，有时语调欢快，像是在讲述一些和她毫无关系的趣事，可有时她像是沉浸在那些遥远的回忆里，像在思考些什么。

我和宁夏人坐在对面，戴着一次性手套，上面沾满红油，只是静静地听。后来宁夏人告诉我，他们认识半年了，这也是他第一次听C说这些。

成年后，我第一份工作在印刷厂，印刷纸壳。纸壳很锋利，很容易将手剌出血。然后我回重庆，找各种各样的工作，开始做游戏里的"打手"，在一款网页游戏上帮人练级，抽装备。那时候，我一天能打十六七个小时的游戏，通宵熬。我年轻，也过够没钱的日子了。后来店里几乎所有事都是我干，找打手，组团，上架，弄网页。2017年在里面学，一八年我就决定自己出来干，一九年当老板……你问我这么多年怎么过来的，我也不是一步就跨到现在这个阶段。后来我自己待着，在市中心租房，平常也不出门，最长有半年时间都没离开过出租屋。

然后她买来猫，第一只，第二只，第三只。其中两只猫一起生了五个孩子。她送走两只，还剩下三只。但是那天，当门打开，别人正准备来接走它们，三只猫忽然一起往她的身后跑。

"那一瞬间，你知道吗？原来我也会被需要。"她说，"我不送了。"她决定和六只猫一起生活。后来她看到一个鹤岗短视频博主的视频，远程买房，远程装修，然后来到鹤岗。

"这里不会和我的过去纠缠。"她说。

宁夏人说："但你在鹤岗也认识了一些新的人。"

"可是我并没有与他们深交。"她说。

"也是。"宁夏人想了一会儿说，"来鹤岗，没有人会关注你的过去。"

那天晚上，我在微信上问C，能不能改天见面再继续聊聊过去的事。她说算了吧，来鹤岗的人大多不想提起过去。当我坐在她的家里，和她肩并肩坐在卧室的电脑前。我环顾四周，看见床尾放了一对熊娃娃。两只熊大约有一米六那么高。如今，我已记不清楚熊娃娃更具体的样子，只记得它们的眼睛是圆形黑色纽扣，白色的毛上有一层灰。其中一只写着"LOVE"，另一只上是"YOU"。"这是你从重庆带来的？"女生点头。我猜它们一定是曾经对她很重要的人送给她的，比如分手许久的恋人，或是远在南边的朋友。我想着她将两只熊塞进缠着胶带的箱子，带着回忆，过去的情感，打包成行李运到鹤岗。我准备继续问下去，又想起她此前那句话，不要再谈论过去了。我决定不再问更多。

不过，在宁夏人家里的那场饭局，没人谈及这些，没人会提起来鹤岗前的事，王荔不会去问C为什么要养六只猫，C也不知王荔在鹤岗做些什么。人们忙着夹菜，或是摸猫。因而这场饭局只是以对邻居的讨论收尾。

"我楼下有一个卖螃蟹的商铺，吵得嗵嗵响，投诉也没有用。"一个男生说。

"我楼下的像死了，听不到声音。"C说。

"我隔壁的邻居总是吵架。"王荔说。

吃完饭，我们去宠物店接女孩C的狗。C让店员给泰迪洗澡、剃胎毛、做体内外驱虫，因为皮肤上有些疙瘩，还泡了药浴，重新穿上一件粉红色的衣服。将狗接出来，C直接将泰迪裹在自己的羽绒服里。狗冷得哆嗦。我们送C回家，穿过那些白色大棚，然后到楼房，爬到六层，我们下来。C打开门，一只蓝猫远远看我们一眼，立即逃走了。

回去路上，我和王荔坐上一辆出租车。窗外还是熟悉的景致，黑色的松树，牢固的雪。我和王荔坐在后座。王荔忽然说，昨天夜里2点，似乎有人转外面的门把手。她躺在床上，不敢动弹，心想再转一次就报警，可等着等着也没听到声响,她就睡着了。

我问她,怎么不在群里说一声?

王荔耸耸肩。她似乎已习惯一个人面对一切。也许,在鹤岗,人们已习惯一个人面对一切了。

# 离开鹤岗

我在鹤岗的生活逐渐接近尾声。天气晴朗时，我跟着中介去看房子。兴安台，九州松鹤，时代广场，售价三万元的，四万元的，毛坯房，老式装修的房子。太阳穿过玻璃窗，照在厚重的布艺窗帘上。

"买一套也不吃亏。"中介说。

"可能明天我就在鹤岗买房了。"我回答。这句是真心的想法。习惯鹤岗的寒冷后，我认为，买套房子，在此停留更长一段时间也不错。但还有后面的一句："让我再想想。"

最终，我还是没能下定买房的决心。除了现实的忧虑，比如，在鹤岗，我该以什么方式谋生？做短视频？——通常，在鹤岗做短视频博主，往往会转型做房产中介来挣钱。剩下的就是一些寻常选项，餐馆服务员，装修工人，或是考公务员。但除了这些，更重要的是，在鹤岗待到第二个月，我开始有些怀念在北京的生活。我想起地铁十号线，在拥挤的人流里看着车窗外的倒影；我和朋友去喝酒，骑共享单车在夜晚的北京游荡。有时要忍受沙尘暴，也为在公园的漫步心满意足。有人走，同时也有新的人来。北京是个大城市，也许鹤岗只是一个更小的北京。我越来越清楚，我还是会离开鹤岗。

"你快点走吧，"宁夏人总是这样对我说，"在鹤岗，你做不成事的。"

"什么事？"

"任何事。"他说。他随时都可能离开鹤岗——来年春天，他的确离开鹤岗，去越南做生意了。

另一天，我来到王荔家。她又与我相约喝酒。我看见她在卧室墙壁新贴上四张便利贴：

把坑（→自己）填满

小红书画画

悲喜自渡

找到爱好

她说，工作出了点问题，有些烦。我们开始喝酒，她喝得很快，讲她的工作，感情，对未来生活的想象，对年龄和婚恋的担忧，想摆脱的事情，无法摆脱的事情。她那时说，过年回家，家里又要给她安排相亲。她也不清楚这份自由职业能持续多久。我们喝得醉醺醺的，然后睡着了。天亮得很早，她的猫从房子的一端悄悄走到另一端。

奥密克戎正在逐步接近。很快，宁夏人开始发烧。他在一次KTV聚会被感染。人们开始准备物资。我和王荔一起去超市买橙子、电解质饮料、排骨、西红柿。街上戴口罩的人越来越多。我在网上提醒林雯，但她不在意，说有五六包布洛芬颗粒，还有三四十颗柠檬。人们说柠檬对病毒有奇效，鹤岗的柠檬很快断货了。再说，她那儿食物管够。

另有一天，王荔一个人跑去时代广场的咖啡店喝下午茶。店里只有她一人。她点了份草莓塔，草莓碳酸汽水。傍晚，她敲门，来我这儿待了一会儿。她坐在沙发另一端，小小的身体像陷进去，还是用那样昂扬的语气，说在路上看见一只流浪猫，很想去救它。又说到感冒的事："我绝不会发烧。"第二天她就发来一张试纸两道杠的图片。就这样，我和身边的人都开始经历高温的袭击，肌肉的酸疼，还有嗓子被火烧一样的灼痛感。

我躺在床上，一时清醒，一时眩晕，拿来湿毛巾放在额头，偶尔看看群里其他人的反应。我想起这些天，我和这些来鹤岗的年轻人，林雯，王荔，我们一起经历了一些共同的场景——它们提供的是那样一种日常熟悉的感觉——剧本杀店里昏暗的灯光；人们家里沙发上的猫毛；扑克牌局，骰子，1664牌啤酒；宝骏牌保姆车行驶时播放的音乐；林雯炸串店油锅里的吱吱声和柠檬的气味；兴安台露天的市集，老人簇拥着走，摊贩卖的冻鱼、冻鱿鱼、冻梨、冻柿子、活着的林蛙、剖开的羊蝎子、热腾腾的灌肠;"鹤岗小串"里酒杯相碰的声音;一间爵士舞蹈工作室的镜子里,女孩伸长脖子;大世界商场楼顶的落日;扎在楼梯扶手上的红色双喜气球;因寒冷越发稀薄的空气;火锅桌上谈论的绯闻、流言、偶然生出的爱意。人们有时亲密,有时疏离。

我那时想,无论到哪,生活始终是生活,无法绕开。无论多想躲起来,人毕竟是人,人还是需要人。

大约在一周后,或是更久之后,生活再度归于平静。我决定走。

临行前,我最后一次在鹤岗漫步。天蓝得深邃,路边松树被雪压弯了枝头。我来到一座用于运输煤矿的塔楼,那座塔楼高大,陈旧,土黄色的砖墙透露着威严的气息。围墙前是一句标语。一个老人裹在黑色的棉服里挪着步子。然后,我又来到矿山公园,雪、裸露的矿层、白桦树林、电线杆,依次从车窗前晃过,如同一席流动的画。晚上,回到住处,我看见楼道扶手上扎满红色的双喜气球,直至我所在的楼层结束。原来是隔壁邻居要结婚,这些天发生在走廊上的喧闹来自于此。

第二天,我打包好行李。临行前,我最后看了一眼这个临时的住所,光从窗户照进来,既不特别明亮,也不特别昏暗,我看着那张椅子,床,沙发,总是发出嗡嗡声的洗衣机。下楼后,我又看见那辆熟悉的宝骏车。宁夏人和王荔坐在车上——他们说要送我离开。车辆启动,我们一路开向南方。下午3点，太阳已垂向天空边缘，底部地带被染成金色。离开城市，窗外变成白色的雪原，一望无际。太阳越来越小，天越来越暗，那片炫目的金色似乎正涌向我们。我们像总也看不够这样美丽的落日，因此一次次地惊呼。

快看天空，王荔说。她坐在我身边，一头棕黑色鬈发，年轻的侧脸。那是我最后一次看见她的脸。

一小时后，我们到了佳木斯，听不见大河磅礴的喧哗声，相反，整条黑龙江笼罩在寂静中，白雪覆盖，江边散落着冰块。跨江的桥如此之长，看不到尽头。我看向远方，白色的黑龙江，低矮的楼群，天空边缘美丽的金色，想着车上的人，还有留在鹤岗的人。到达机场，我们分别了。车辆掉头，继续向鹤岗开去。

\* \* \*

回到北京，我回到此前的生活秩序，搬家，上班，坐地铁十号线。每一个冬天都将以春天作结。新冠结束了，人们换上春天的衣服。我时常到世贸天阶，那里种着一排梨树，先长出新芽，叶片日渐饱满，后来开出白色的梨花，一阵阵风，明亮，炎热，不可阻挡。梨花落去，结出青色的果子。再后来，果实不见踪影。我从来不知道它们是被人摘去，还是被勤劳的工人一大早扫走了。我和朋友来到CBD中央公园——就像曾经在鹤岗的北山公园那样行走。下过雨，空气中有新草气味，踩在石头路上，每一步都伴随着石子清脆的响声。

我在网上继续和鹤岗的人们聊天，也在朋友圈看到他们分享的新生活。离开鹤岗后，我恢复到旁观者的身份。林雯还在开炸串店，偶尔分享她的猫。女生们去了哈尔滨冰雪大世界，爬山，到伊春和鹤岗交界的森林地带寻找梅花鹿。有人离开鹤岗，回家，旅游。宁夏人去了越南。

王荔对我说，开春之后，她也要出去走走了。她先是网购来一些春笋，和以往一样，做了盘春笋炒腊肉，将炒好的菜发在我们的微信小群。有天她说，再也不恋爱了，此后要去与青灯古佛做伴。我问她具体怎么回事，可她没有多说，只说之后想去西藏或云南的山里徒步。4月，她先去了福建平潭，发来烈日下的海，还说有天爬山把脚踝擦破了。我最后一次与她联系时，她说正在深圳，马上要去巴厘岛待一周，还说想回家看看。

因此，当王荔失踪的消息传来，我总觉得是个什么误会。

她失踪的消息最早是在6月传开的。当时，鹤岗的微信群聊里出现了一些语焉不详的猜测。有人说，王荔4月底去巴厘岛前把钥匙托付给她，请她有空时去给家里的栀子花浇水。5月初，王荔回到鹤岗，匆匆取走钥匙，却说此后再也不回来了。另一人说，王荔出门前把猫寄存在他家,希望他能照顾一阵,可眼下联系不上,不知该拿猫怎么办。又过了一阵,他把猫送给了一个鹤岗的本地人。

人们一点点往前回溯,发现从5月10号那天开始她就消失了。我在微信上与她说话,也没得到回复。

我向共同的朋友打听消息。女孩A说,6月,她去派出所报警。但警察说,不是直系亲属,没法立案。她只好作罢。也许是离开鹤岗回老家了,也可能想切断和鹤岗的联系,人们猜。毕竟,在鹤岗,离开不是什么稀奇事。又过去两月,人们快忘了她。直到8月初,我偶然想起王荔的漫画公众号,查到最后一次更新时间:5月10号。我又找到她的微博。微博有三十万关注者,网上的人们早已察觉异常:

还好吗?以前从来没这样。
是不是出了什么事情?
"××汉化"好几天没声了,发生什么事了?
希望你在三次元一切都好。
失踪三个月了,我跟着看了四年了。这样一下子毫无征兆地消失,就像是一位不告而别的好友……

我联系上此前和她关系较近的几个人,决定重新一起找她。但是,她的手机已是空号,个人社交账号也设成私密。我们找不到任何一个鹤岗以外认识她的人,找不到她的亲人，找不到她此前的朋友，也不知道她此前所说的线上工作室是否存在。我们想到那些不好的事情。也许她被骗去缅北诈骗（她4月底正在东南亚旅游，还与朋友讲起要去印尼投资），或是被拐卖，凶杀？

可能她真的只是想与这一切断绝联系。走在地坛公园，我对朋友讲起王荔失踪的事，同时讲到寻找她的困难之处。我想到作家袁哲生写过，人天生就喜欢躲藏，渴望消失，这是一点都不奇怪的事。也许，她真的只是想躲起来。

"可她已经躲到了鹤岗。"我说，"再说，她怎么会丢掉猫呢？还有空号，一个人遭遇什么才会这样决绝地躲起来，一点痕迹也不留？"

当时已是夏末，夜晚，凉意阵阵。我和朋友绕着地坛的大道走，经过古红色的墙，高大的银杏，还有一些静静跳舞的人。我谈到那阵子密集报道的缅甸诈骗事件。如果她是被骗了呢？

一起找她的一名男生还说，这天气，就算家里死了条狗，邻居都得报警吧。他们去了她家门前，录了视频，不曾闻到什么气味，邻居也说很久没见她了。

但是，走在路上，谈起王荔失踪的事情，我仍然思绪不安。我想到另一个男生。两年前，我采访隐居吧时加入了河南鹤壁的群聊。群里不断有人加入，也有人离开。新来的人常常为买房的讯息而来，很快就会离开，只留下一些老面孔。有天，群里说，一个在鹤壁鹤电小区居住的男生死掉了。他曾在群里分享来买房的经历。有人曾拍下他的照片——照片里，他穿着一身黑衣，很瘦，很年轻。他拒绝与我见面，但在网上，他与我说希望能隐居休息几年。买房的第一天，男生说，这是两年来睡的头一个踏实觉。我问他接下来准备怎么过，他说："打《地下城与勇士》和《梦幻西游》。"

在群里，他说自己经受了长期的家暴，腿上还有跪搓衣板留下的伤疤，现在身体不好，走一会儿就累，喘气，神经衰弱，每天只能睡两小时。

有人劝他乐观点，过去都是阴影。

有人说，为什么要听你在这里抱怨？你二十七岁了，还怪别人。

他继续说。群里其他人在讨论晚饭吃什么。

后来他死了，悄无声息。另一个人告诉我，男生心脏不好，此前住过院，靠邻居帮忙照看。周三，他打电话给邻居，说想去医院看看。邻居在上班，打了120，医生没查出什么。但过了一天，凌晨，男生的心脏停止了跳动。听说他的尸体已经火化，我随后联系上男生的母亲。"谢谢你的关心，我们家经历了很多事。"她说。她拒绝与我聊更多。

我那时只是远远想着男生的死亡。我并未见过他，没有与他真正见面交谈。死亡带来的震动很快散去，我很快将他的事情忘在脑后。但当王荔失踪的消息传来，我不得不重新开始理解看到和听到的一切，那些天的相处。如果说这群人，来鹤岗的人，试图逃走的人，每个人都是一台能接收微弱信号的收音机，我们是否能真正接收、明白、理解另一个人所发出的讯号？还是说，那些讯号终将会被忽视，误解，或最终将会消散？就像后来我们得知王荔的户籍在山西大同——而非此前对所有人说的四川泸州，就像我们从她爸爸那里得知她的妈妈早已离去——而她在聚会上讲起妈妈催婚的事。她为什么要说谎呢？一个人问我。

说回来，决心一起寻找王荔后，我向通信公司的朋友打听能否通过手机号查出些信息，得到否定答案。接着，我找到她的买房中介，通过房管局的信息，我们就这样一步步联系上她的家人。

但，她爸爸说，多年没见她，不知道去哪了。

她弟弟说，上一次联系她是半年前。有没有一种可能，她只是不想跟你们联系呢？——最初联系王荔弟弟的是女生 A。A 说，你们不报警，让我们这些外人来催，这不是一件荒唐事么？A 因此不愿再与王荔的家人联系。

不过，后来，在集体催促下——我们五个人一起催促她的家人去报警，并将所有证据列出来：手机空号，丢弃的猫，用来赚钱的公众号也已停更三个月。最后，王荔的爸爸和弟弟还是决定来鹤岗报警。无论如何，等他们来到鹤岗，就能立案。星期一，他们即将上门，进入她的房子。现在，我在群里等待消息，迟迟没有回音。

# 第五部分

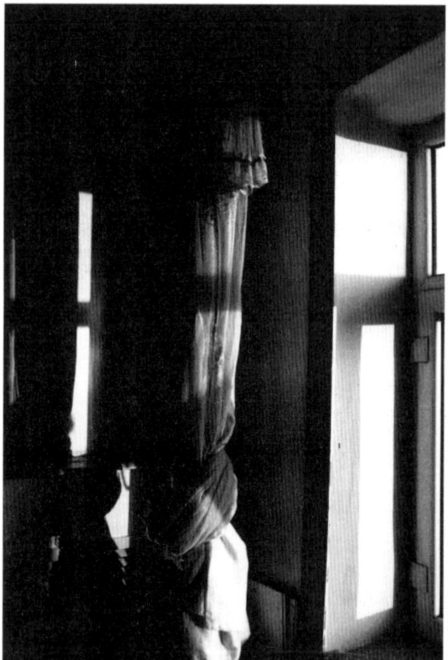

# 无人知晓

锁匠撬开房子。他们进入客厅，门口鞋柜上的一大包口罩掉下来。茶几上放着时钟、水壶、茶叶，布偶娃娃躺在沙发一角，地上是一辆折叠自行车。水电通着。后来他们还会看到厨房储物架有袋开口的麦片，一桶红枣。冰箱里香蕉快烂了。屋子很安静，没有声音。

"如果没看到人，我们马上就走。"打头的那位是警察，"也别报警了，这么大个人，能丢到哪里去？"

"行。"王荔的弟弟说。他习惯了姐姐的风格。八年前，王荔和他告别，说不喜欢过平凡的生活，想去外面走走，此后姐弟之间联系很少。最开始联系不上，父亲也报过警。后来警察说人没事。王荔再没回过山西老家。这些年，姐弟二人只在春节时打个招呼。

——姐姐你在哪里？
——在广州。
——什么时候回家看看吧？
——知道了。

她只是不想跟家里联系吧,他想。弟弟王强二十二岁,刚工作,穿白色T恤,斜挎一个旧式皮包,还有点不善言辞。他去富士康打过临时工,现在做销售,卖网课,教人剪短视频。他们的爸爸是个老矿工,多年在山西煤矿流转。从大同来黑龙江,这是父子俩出门最远的一次。

环视一圈,警察向左转,走向卧室。从客厅到卧室要穿过两道门。他们想开门,门把手却转不动。这时他们才觉得异常。门好像被动了手脚,或者反锁了。

他们撞开第一道门。有股味儿传出来,越往里味道越浓。

第二道门撞开。王强说他这辈子都忘不掉那个画面。床边有个铁盆,黑黢黢,地板烧出了洞。厚厚的透明胶带缠在门把手、门框和窗户上。门背后挡着一把椅子。

那时我还想,也许这人不是我姐,王强说。刑警和法医来了,判断是烧炭自杀。死亡时间已有两个半月。

警察留下父子二人。担架抬走床上那具好像没了重量的身体。王强大着胆子看了一眼。他认出了姐姐的脸。

那几天我吃不下东西,只能喝水,王强说。运走王荔后,父子俩打开窗户,扔了床垫。他们收拾遗物,发现王荔的手机拔了卡,也没找见身份证和银行卡,柜子里衣服凌乱。王强买来消毒液,喷了满屋。他后来一直想起房子里的气味。如果非要形容,那气味就像一口黑暗的井里混杂着厚厚淤泥、动物皮毛、各种腐殖物的味道，刺鼻难忍，同时又有着强大的附着力，附在衣服、电脑、手机、床垫、墙壁上。消毒液干了，留下盐渍一样的白色粉末，但那味道很快又回来，好像怎么也散不掉。

两天后王荔火化。他们带着骨灰回了山西。二人最初没太花精力打听王荔的死因，也没带王荔的遗物，比如那两台电脑，嫌沉。王强只希望姐姐早点下葬，葬在家里那块地里。他们老家在大同的一个村子，离市区六十公里，恒山山脚下。但父亲不同意，说王荔不仅未婚，还是自杀，按村里习俗是厄运的象征，因而要配阴婚。

坐在大同市一间咖啡馆里，王强压低声音，不安地捏着柠檬水的塑料杯子，发出刺耳的摩擦声。皮包摆在桌上，里面装着王荔的死亡证明、火化证明、房产证、护照。

他继续说。后来，父亲改了主意。阴婚的事情暂时搁置了。他们把骨灰放在了殡仪馆。回到矿井后，父亲好像魔怔了，说王强"泥板子""读书读到狗肚里了"，要他找人开王荔的手机。"你姐可怜的知道不，你去找，找出真凶。"

\* \* \*

在鹤岗破门那天，王强给我打了电话，我在北京远远听着。之后我们又打了几次电话。他发来房子的视频，也就是王荔最后待着的地方。我看见沙发上的派大星娃娃，没了床垫的床,地上黑黢黢的大洞,还有阳台那盆枯萎的栀子,叶子全黄了。我一直想着王荔的脸。找不到她时,我始终回避着关于死亡的可能。我们当时什么也没察觉。

消息传出去后,鹤岗群里的人讨论了数天。一个男人说(他并未见过她),谁让她选择走上自杀这条路的?她说过自己失恋了,是有恶人伤害了她,而她选择伤害自己,就这么个事。另一个女人说(她们曾在网上聊过天),我现在全身都在颤抖,她不害怕吗,为什么会那样坦然?

王荔死后,起初,为了弄清楚她的死因,我寻找到她身边的人,收集了以下叙述。

(1) 王强,二十二岁,王荔的弟弟

2007年,我六岁,我姐十四岁,妈妈去世了。妈妈一直有肺痨,身子弱,那时下了场大雨,妈妈去村子附近的山上捡蘑菇,我记得她从雨里跑回来,发了场烧,后来一直治不好。妈妈走后,我们的生活完全变了。爷爷带我们,爸爸是矿工,当时在井下,一年换一个地方。后来我姐去四川读了初中、高中,二姨一直供她读书。她就再也没回过大同。

你可能不知道,单亲家庭,尤其是母亲去世后,就没有家的感觉了。我和姐姐最后一次见面是在2014年,当时我在内蒙古巴彦淖尔读初中,开始是寄宿在叔叔家，后来姐姐过来带我生活了一年。我俩租了个房，我上寄宿学校，周末回家。姐姐找了个文员工作，朝九晚五，偶尔给我做饭，做炸火腿肠什么的。我姐那时候总骂我，说我笨，我一般也不还嘴，就听她说。一年后，我姐说，她不太喜欢这种平凡的生活，想自己去外面转转。和我告别后，我们就八年再也没见过。

我不知道姐姐后来为什么不跟我们联系。她把我爸的微信拉黑了，把我的朋友圈也屏蔽了。我后来听我爸说，他俩关系差是因为什么呢，姐姐当时高考没考上，问爸爸能不能花钱，但家里当时没钱。这事告一段落后，我爸找了个阿姨。她很生气，说你宁愿找老婆都不愿意让我读书。从此之后我爸再没找过老婆，但他俩关系变得很差。而且老家可能有重男轻女的思想吧。姐姐有一次还跟我说，她在城里上学，冬天比较冷，家里只有一条毛毯。我姐想把毛毯拿到学校里，但爸爸就说要留在家里，可能是要留给我。我姐就生气了。可能有很多这种鸡毛蒜皮的小事。而且，我爸还喜欢喝点小酒，一喝多就喜欢给她打电话，让她结婚，我姐可能嫌烦。后来我也不敢跟她联系了，有一回，我问她在广州具体哪里，我去找她，给她拜拜年，她也不回。我怕我跟她说多，她也把我拉黑了。

我爸现在快五十五岁了，现在还要每天到矿里去，矿那么深，我很怕他情绪不好，在矿里面出事。他每天都在问我，说我姐到底为什么自杀？是被别人害死的，还是怎么回事？我对我爸说姐姐可能是抑郁自杀的，他不信，怎么也不相信，一定让我去找出个杀人凶手，你说我该去哪里找啊？

这几天，我脑子里会不自觉地幻想，现在晚上不敢一个人出去，得找个人陪着，我们公司那有一条楼道，没有灯，我自己不敢去。我也难过，但是我也要回到自己的生活，是不是？已经阴阳两隔了，活着的人还要继续啊。我爸现在也就剩我了。

(2) 小八，三十岁，在深圳工作，王荔的初中同学（后来我得知，同一时间，只有她也在寻找王荔）

她朋友很少。我们在四川泸州一个小镇上读初中。可能因为家庭，她好像一直都是蛮消极的。那种消极不是对某一件事，而是她对生活的整体看法。她之前一直说父母离异，从来没和我说过妈妈去世的事。

初中时，我们有个小圈子。她谈过一段恋爱，但毕业后大概十年，这段感情都纠缠不清。男方在毕业之后去了天津工作，她也到了天津。这个圈子的朋友因此疏远了她。我不是说她不好，只是说，可能在感情这件事上，她有些超乎我们想象的偏执。其他朋友问我，为什么还要跟她一起玩，不怕自己变得消极吗？

后来她去了广州工作。我们一年会见一两次面。当时她住在公司宿舍，也是一个人住，我还去她家睡过一晚上。我考上研，她也离开了广州。今年过年，她回到四川，好像已经和亲戚很多年不联系了，就在我家过了年。她当时说要去成都泡温泉，问我要不要一起。我觉得她的状态比原来好，好像能够找到一些想玩的事情。4月1日，她对我说要去旅行，说经过深圳时来找我。后来我问她，她没回，我感觉到可能有点不对劲。但那段时间忙，到8月我才开始找她。我也报了警，根据她之前的描述，还有一些照片，发给警察，他们找到她的住址去敲了门，但是没有任何回应。我也关注她的动漫自媒体，还以为粉丝知道下落，但是没人理我。后来，我联系到我们初中班主任，打听到她弟弟的电话。再得知她的消息就已经是这样。

我也去找了她的前男友，想知道他们还有没有联系。他说早就没有了，后来就不回复我了，可能完全不想谈论她了。

三年前，她告诉我要去鹤岗生活，还说以前的微信不用了。我觉得大概是那里房价便宜，她喜欢那里的天气，离俄罗斯也近。而且，能离家人远一点，自己买个小房子，逃离过去不好的东西。而且，说实话，可能我和她的关系也属于过去的一部分。也可能是这样，她才不会对我说她现在的很多事情吧。

(3) 小南，"××汉化组"成员

我和她平常不太聊天。只能说她对于整个汉化组的人来说，都是从5月中旬（10号之后）就联系不上了。我看微信群里，组内有人给她隔一段时间就发消息，但她谁也没回复。

我们是负责漫画汉化，就像网上那种电影的字幕组一样。她是这个漫画组的负责人，把搬运来的原漫画发给我们，原漫画台词是韩文，我们就负责汉化和翻译。她在组里挺正常的呀，偶尔会分享她的猫猫，或者说电影，还有说家里停水，但是聊得不多。我们这个组里的人都是她从QQ上招聘来的，我也是喜欢看漫画才进组，大家为爱发电，没有工资，她跟其他人都是很简单的派活和完成任务的关系。从汉化组这边可能很难得到太多消息。

(4) 海哥，鹤岗一间汽修厂的老板（据人们所知，他

应是王荔生前见过的最后一个人，他们去年年底认识，后来成为朋友）

她5月4号从印度尼西亚回来就约我见面呢，连着约了两次，但我这汽修厂子也忙，她说那就不吃饭了，一起喝个茶，我说我忙啊，天天6点才关门，收拾完就7点多了。5月9号那天晚上，我问她吃饭了吗，她说吃过了，我说，那你来我店里坐会儿。我看她吃过饭了，就让她在楼下等会儿，给她沏了茶。等我吃完饭，也就是十分钟吧，我下来和她唠嗑。那阵子，她原来在鹤岗的朋友都离开了，她可能也找不到人说话。

她一开始问我，说我家是不是有地。我说是啊。她说她想种点空心菜，说都从网上买了空心菜籽。我说行，哪天你拿过来种呗。她说行。然后她又说，飞机上认识几个华裔，想一起投资蜜雪冰城。我说妹啊，你也不是做买卖的料，你投个屁。她当时还给我带了巴厘岛的猫屎咖啡。过了一会儿，我们聊完了，她就说回去，我说我送你，她说不用了，叫个车。我看着她叫车，从门口给她送上去。到家后，她还说她到家了，随后就完了，这就过去了。我真没看出她有啥异常。

可是，我后来听你们说起她妈妈早就去世的事情。我忽然想起，那天晚上，我和她聊天，正说起母亲节的事，说马上5月了，你不回家陪陪你妈？

她说，是啊，要过节了，我马上就要回家，陪我妈妈去过母亲节。

(5) 一位情感咨询师（王荔的线上记录停留在5月11日，那天凌晨，她曾寻找到一位情感咨询师，但最终未能完成此次咨询）

听到这个消息很遗憾。她5月11日凌晨12点在这边交过九十九元咨询分析费，但是没有开启服务。你可以看一下我发给你的截图——

5月11日 00:18
咨询师：现在也不早了，明天把这个表格填写一下，然后帮你深入分析。
（表格：《情感信息收集表》）
王荔：好的。
5月11日 09:51
咨询师：OK了吗，早上好。
5月11日 14:02
咨询师：宝，还没睡醒吗。
5月11日 21:02

咨询师：宝，你都睡了一天了，起来活动下。

我一直在联系她，但是联系不上，她一直没有回应我。我想着她应该在忙。我一直也在关心她呢。是不是抑郁呢？如果抑郁的话家长知不知道呢？有没有关心她去医院积极治疗呢？家人朋友的支持关心都很重要的。

\* \* \*

出租车一直开到大同的边缘地带。成片玉米快熟了，落下褐色的须子。面前这栋建筑庞大、威严，表面是整齐的方格状，四周环绕松木和洋槐。一队人身着西服，领口别着一小朵带有"奠"的礼花。队尾，女人双眼泛红。透过玻璃橱窗，房间放着菊花丛，中心是一口透明棺材。隆重的遗体告别会，某个重要人物的死。再往前走才是她在的地方。永安堂。那里有无数个小小的、金灿灿的盒子。每个盒子前面印着一尊佛像，一串数字编码，储存日期。我们经过那些盒子组成的墙。王强拿来钥匙，挪走一把梯子，蹲下，插入钥匙。他从倒数第二层的一个盒子里取出相框。王荔不曾留下遗书，或是任何只言片语。她离开大同，离开村子，去了北京，去了广州，最后来到鹤岗。她一个人走了很远。

与这些人交谈过后,我仍然没有确切的答案,依然不知道王荔为什么最终选择了死亡,选择躺在床上,脸却朝下。也许没有人知道了。相片中,她还是短发,抿着嘴,浅浅的笑容。我看着相片,想到在鹤岗的那天晚上,下雪了,她问我要不要一起看雪。凌晨,小区空空荡荡,只有我们两人站在雪里,在那些干净的、毫无痕迹的雪地留下脚印。我们绕着小区走。她站在一片朦胧的紫色灯光下,我在不远处看着她。

我还想到她贴在墙上的便利贴:"把坑(→自己)填满。"

破门那天,墙上的便利贴已不见了。

# 离开的,留下的

从大同回北京,车窗外高山连绵,山坡铺着灰黑色的太阳能板,像移植在身上的一块皮肤。接着是一座空房,角楼形状,露出砖、钢筋、窗户。一块不大的湖泊,有人躺在遮阳伞下。明亮的太阳令这一切都像是假的,还有那些云的阴影。我看着窗外,想到死亡总是一件出人意料的事。它发生,成为主角,身影逐渐淡去。我又想着那些活着的人们,想到最后一次见到他们的情形。三年里,我见到这些人,短暂参与他们的生活。如果叙述要有一个终点——可也许生活没有真正的终点,除了死亡——停留在我脑海中的是这样一些片段。

比如那次,我和曾在富士康工作,后来去鹤壁买房生活的王浩坐在郑州巩义一家中医院。楼里住着脑梗的老人,少有人走动,安静,走廊里是常见熟悉的消毒水气味。王浩的父亲躺在一间病房里。他七十四岁,头发花白,插着鼻饲管,双眼茫然,缓慢而沉重地呼吸着。王浩轻轻喊醒父亲。老人睁眼,看着面前的电视机。一则电视广告播放后,他又合上了眼。

两周前，王浩接到家里电话，父亲病倒了，状况不乐观。家人不知道他在鹤壁生活的事，一直以为他在打工。那通电话把他拉回现实。家里没钱请专业护工。大哥先请了几天假，后来二哥接力，然后是他。父亲脾气暴躁，像个孩子。王浩每天给父亲擦身体，洗尿盆，喂药，用破壁机将饭菜打碎，加水搅成糊状，再灌进父亲的鼻饲管。地上铺了一床薄薄的卡通床单。他和二哥睡在父亲床旁的地上。过了一会儿，护士来查房，王浩将床单收起来。

医院里暖气充足。王浩穿着灰色毛衣，黑色家居裤，恐龙棉拖鞋，随后将我拉到病房外。我们聊到富士康和在鹤壁隐居的生活，他声音压得很低。他说无法想象未来的日子，眼下只能熬。

"这些天有去巩义别的地方走走吗？"我问他。

他摇头，现在不可能离开医院了。我们并排坐在不锈钢座椅上。他并拢双腿，驼背，显得身体那么小。他讲起富士康的生活。这两年，每当他需要赚钱，他还是会回富士康做临时工，回到庞大的永远不会关灯的工厂。有次他碰到一个待了八年的线长，仍在等待那渺茫的升成组长的机会。他看着线长被组长训话。"当时我想，还好我没留下来，留下来也不会比他更好。"他说。

手里那个小小的金属物品，从 iPhone 4 变成 iPhone 11。变化还有更多。时薪上涨到二十三元，富士康还会给补贴，只要干够三个月，就多给一万元。生产线上大多是像他这样的临时工。王浩在宿舍里住了两月,人们进进出出,来了又走。他没能认识任何人。"之前我起码知道宿舍里的人叫什么名字,现在,旁边住着的到底是个人还是个鬼,我都不知道。"

十年过去,他曾经做过的岗位——给数控机床放料的位置,现在已是控制装料的机械臂。也许过不了多久,这些工厂里的岗位都会被机械取代。

他又说了一遍:"富士康变化太大了,宿舍里住着谁都不认得。"

"那到鹤壁之后呢?"

"那不一样。"他说。有天他正在家里,听到楼上传来一阵咣当的声音。那是一个刚搬来的年轻男生,两人交流了几句,发现都在鹤壁群聊。后来他们还一起见过一次杨亮。他记得那顿饭吃了一个凉菜,两个热菜。男生和杨亮不喝酒,他就没有点酒。他知道两人都喜欢打游戏,男生打《梦幻西游》,倒卖武器。杨亮也爱打游戏,但不想靠代练赚钱。杨亮总说,不想把自己最后的爱好拿去卖了。

我有种归属感,王浩说。离开鹤壁前,他还在房子里养了红掌、绿萝、长春花、仙人掌——虽然后来都枯萎了。

过了一会儿,护七打断我们的谈话。两包黑色的中草药膏递到王浩手中。又到父亲吃饭的时间了。晚上,父亲开始发烧。忙碌的看护工作让王浩无法思考更多。现在,他需要暂时搁置在鹤壁隐居的愿望了。

\*　\*　\*

在鹤壁，我约上杨亮以及群里的另一个男人一起吃饭。两人说去吃"十九元经典菜馆"。他们爱两家馆子，这是之一，另一家叫"二十九元自助餐"。菜馆在奔流街，下午6点30分，正是生意最好的时候。天冷，鹤壁街头的梧桐树叶落光了，枝丫像纤维一样向空中伸展开去。阴天，雾霾厚重。馆子里开暖气，闷热，吵吵嚷嚷，地上摆着空啤酒瓶。男人说这家馆子实惠。他点了一份炒肚片，杨亮要了一份爆炒鸡胗。

杨亮胖了不少，长长的刘海垂到眼睛，贴着额头。他穿着黑色棉袄，牛仔裤，没刮胡子，神情有些疲倦。这里太吵了，他说。他很快失去耐心。但另一人说，他更喜欢热闹的环境，坚持要饭店见面。这人郑重打扮了一番，穿了一件酒红色西服。前不久，他喝醉了，摔了一跤，额头缝针留了疤。

"我的生活？没什么变化。"杨亮说。有料理包后，他省去了出门买菜的步骤。他还是在打游戏。

"可以说是毫无波澜。"那人在旁边补充——他的生活随时变化，那年冬天，他在北京马驹桥的厨师工作很快结束，无所事事了一阵子，又回到鹤壁。

我上次见到杨亮时，他说他还剩下三万块，还能再隐居半年。但以后呢？杨亮说，可能还是要去上海攒些钱。现在，钱快没了，他又必须去打工。有次他在群里分享做网络兼职的经验，说有个下午赚了四十块。他很高兴，但第二天就发现是个骗局，唉。

我问杨亮最近在关注些什么。他喝下一大口可口可乐。"什么都看，贴吧、微博、B站。"他谈论了一会儿最近的新闻，脸上浮现不平的神情。说实在的，这次和他见面前，我一度有些心里打鼓。我有时想他也许会参与网上那些言语激烈的争执。但现实中，他就在我的对面，沉默寡言地吃着饭。

"他是悲伤大于欢乐，我是欢乐大于悲伤。"男人评价杨亮。

杨亮什么也没说。

新年即将到来。男人上一次返乡是十年前。他觉得没成家，混得不好，回去丢面子，决心春节就待在鹤壁。去年春节他和杨亮一起吃了顿年夜饭。他觉得在鹤壁买房是这几年最开心的事。杨亮点头。

有第三人在，杨亮说话更谨慎。找不到话说，他低着头，看手机，刷贴吧。男人离开间隙，我和杨亮继续返乡的话题。杨亮上一次回老家也是五六年前。至于父母，他完全没听说什么消息，也不想去打听。随后他说到父母离婚的事。"对我来说，这是件很突然的事情。但对他们来说却未必。他们也许早就做出打算了,只是我不知道。"

馆子里闹哄哄,很快,杨亮的眼睛垂下来。

"算了,我不想再提这些。"

男人回到饭桌。我们聊到杨亮的猫。橘猫如今成了肥猫。前阵子,男人建议杨亮给猫减肥,他把猫粮减半。每天夜里,猫闹得人睡不着,扒拉猫粮袋,还把架子上的卤蛋扒破了。"卤蛋本来是给我吃的。"杨亮笑起来。他有点担心猫。如果年后去上海打工,他也没法带走猫,正打算把房子租出去,请租客替他照顾。

"你别想了。"男人说,"指不定那人把你猫照顾死了。"

他沉默了一会儿。"如果是那样,我也没有办法,我已经尽力了。"

杨亮重新加回保安群,打算去上海找个普通的岗位,冬天再回鹤壁。后年也打算这样。来年春天,杨亮找到新的租户,两人达成协议,用租金提升双方共同的生活环境。杨亮买了台全新双开门大冰箱,在客卧安装空调。租户说帮他照顾猫。很快,杨亮回到上海做保安。上一天班就挣一天的钱,他说,下班,他还是照常打游戏,睡觉。再后来,他将猫送给鹤壁当地一个女孩——室友始终喜欢不来猫,他希望猫能有个更好的归处。又过去半年,他回到鹤壁,继续一个人的生活,电脑机箱嗡嗡作响,屏幕里游戏战争不眠不休。他研究挖掘机、发电机,想象世界末日的来临。有天他想在楼下的空地种土豆。他挖啊挖，挖得双手都是黑泥，手指疼痛，很快放弃了。

杨亮去鹤壁隐居的帖子受到越来越多的关注。他每天都会收到新的提问：兄弟，该怎么去鹤壁隐居？

\* \* \*

另一个夏天热得出奇，人们躁动不安，前往燕郊的路上全是掉落的槐花。申牧站在相同位置向我招手。公寓楼下，临街店铺倒闭又新开。但他看起来没什么变化，头发的长度，肤色，眼神。他穿着阿迪达斯的绿色T恤，牛仔裤，戴着鸭舌帽和口罩。他的家同样没有太多变化。纸箱还放在门的右侧，床上的衣物整齐折叠，只是囤积的物品变得更多了。更多的外卖盒，被清洗干净的垃圾，更多的鸡蛋壳，茶叶，就像是时间刻度往前推进了一格。

他有些厌烦燕郊，说打算新冠结束后离开这里，去一个村庄隐居。他说，到时候他就将手机锁起来，买一个一百元的诺基亚。他希望去江西或是贵州，那里有山，有树，气候湿润。但房子到期时，由于新冠还没结束，他仍然无法离开燕郊。他续租了一个月，又续租了一个月。

微信界面有许多表示未读消息的红点，来自交换电影票的群聊，麦当劳优惠券的群聊。他很久没有打开它们。唯一联系的人只剩父母。一个月与父母固定通话两次，固定的通话内容。

"那你之后的打算是什么?"我问。

"我还是不知道。"他说。一切仍然处在不确定中。

电脑屏幕亮着,他在看电影《远方》的解说。电影里,一个男人离开小镇,想要去到远方。最终他还是回到了小镇。

"我们所有人都想去远方,但远方真的会是我们想象中的远方吗?"申牧说。

随后,北京电影节开始。我们相约一起去看安哲罗普洛斯的三部曲。电影很热门,我们没抢到票。申牧买到一部法国的新电影。再次见到申牧时,他身后跟着一个扛摄像机的年轻男生。申牧说他想开始一些拍摄计划。这些天,他在写剧本,租机器,找摄影师。他想对这几年的蛰居生活做个了结:去天津找原来合作的导演,将素材要回来,看能否剪个片子,再去石家庄拿回寄放在亲人家的行李,看是否能找亲戚借些钱抵债。由于没有工作和社保,他已经无法从网贷借钱了。回家,是否和父母坦白一切,仍然待定。

随后,我们来到北京的后海,游客熙熙攘攘。申牧倚靠在湖边的栏杆:

"我快离开北京了,走之前,我去了中国电影资料馆,想看《永恒和一日》,可惜没有买到票。我很喜欢那部电影,里面那位老人说:'最近我与世界的唯一联系,是楼对面的陌生人。'"

胡同里,夏日槐花传来淡淡的香气。他说,以前他去了那么多地方,旅行的每一天都像一个月那样长。当他待在那个公寓,三年却像三个月般短暂。剧本上写,明年 4 月,这项计划将进入剪辑阶段。他还在写另外一个剧本,如果这两项计划都没有办法继续下去,他就重新去找工作。车开往电影院,窗外,人们飞速向后倒去,海棠,槐树,拥挤的单车。他看向窗外,摘下口罩。这些天他开始失眠,想到所有事情都要重新开始了。我们抵达小西天,灯光退去,电影即将开场。

# 围墙中的故乡

搬到鹤岗生活一年半后，林雯第一次回江苏常州，进家门后她首先看到的还是那个躺在沙发上的中年男人。沙发三人座，铺着一条毛织毯子。初夏，男人光着膀子，穿了条短裤，用左手托着脑袋，另一只手垂下来，放在并拢的双腿上。沙发对面的茶几放着塑料支架，一个没有感情、语速很快的新闻联播式男声从支架上的手机里流淌出来。"他"又在说话了。这十来年，爸爸就这样躺在沙发上听着"他"说话——"两人的身体当场被全部撕裂""显然没想到对方的实力能达到这种程度""他开始大杀特杀，如入无人之境"。

从这些句子里她觉得爸爸在听一部武侠小说。爸爸只看两种小说，武侠，还有写抗日战争的。"他"声音很大，充满客厅和厕所。如果不关门，"他"就一直飘在她耳朵里。之前她房门坏了，锁不上，夜里两三点还能听见。尤其是快要睡着时，真令人恼火，你知道那个成语吗，"水滴石穿"，她压低声音——"他"就像水滴一样，每当要睡着时就会突然滴到我脑袋上，我真要神经衰弱了。

这个家庭界限分明，彼此都当对方不存在。客厅是爸爸的。林雯在一个房间。妈妈在另一个房间。房间隔音差，她在房间里听见爸爸咳嗽，撒尿，听有声小说。早上，隔着门，播报小说的"他"又响起来。到中午，传来吸溜面条的声音。爸爸不会管她吃什么做什么，不问，不在意，不关心，偶尔听见动静，也只是躺在沙发上抬头看一眼。

下午，门口传来"砰"的一声。爸爸应该离开家了。

这时，林雯走出房间，来到客厅。爸爸在时她尽量不去客厅。现在，爸爸的地盘上只剩下一个手机支架、烟灰缸里三只烟头，一碗没吃完的面条。爸爸一直没工作，偶尔接点零工，做装修那种，"一年里工作个三十天"。他快五十了，额头上深深的皱纹，曾经切过胃。除了听小说，爸爸就是去楼下车库的麻将馆打牌，也有时连续一个月都躺在沙发上。

每次提到爸爸，她的脸上时常浮现绝望的神情，抿着嘴巴，嘴角往下长长垂着，有时还要忍住眼泪。回家后，她待在房间，一直躺在床上。房间不大，一张床几乎填满了。床边有一张小桌，一张懒人躺椅。门曾经被发火的爸爸撞开过——她回忆说，那次她躲在房间里，不敢开门，爸爸砸了门，拖着她的头发，把她拉到门口——后来换了锁，现在才能锁上。她继续说，小时候父亲从没牵过她，没抱过她，这么多年吃饭时爸爸都只拿自己的筷子，从来不拿她和妈妈的。

林雯回家的第五天,我来到常州与她会合。最开始我和林雯睡在她家里的卧室。接下来两天,由于她父亲一直在客厅躺着,我们很少离开房间。她看向窗外。天气闷热。鸟儿无聊地叫着,有时长,有时短。楼下是玉兰树林,挨着一座叫迎宾桥的石桥,河流一侧很脏,水面浑浊黏稠,漂浮着落叶。另一侧很干净,那边是别墅区,商品房,至于多少钱,她没打听过。她在的这一侧是拆迁安置房,粉红色的楼房,四层楼高,楼长得都一样。

"还是想回去。"她接着说。"回去"指的是回鹤岗。

离我们上次在鹤岗见面过去了半年。半年里,我们在网上聊天,她说前阵子鹤岗政府发优惠券,兴致勃勃讲怎么去超市买打折的东西。前两个月炸串店生意不好,关张了一阵,这段时间没收入,就靠积蓄待着。这趟回来,她一是想把剩下的东西打包继续寄到鹤岗,二是妈妈过忌日,三是一年多没回,也想见见曾经的一些朋友。

我们会合那天下着雨,此后常州阴雨连绵,几乎每天都有阵雨。我撑着伞在路边等待林雯。夜晚,临街店铺亮着灯,银色的雨水从楼房边缘落下来。一条笔直的高速从南到北穿过小镇。晚上9点,街上一直有人在走,车流从未停息。主街有古茗奶茶、蜜雪冰城、瑞幸咖啡、正新鸡排、肯德基——看到这些名称时你会意识到这里和中国其他地方没什么不同。但另一方面,那些立在街边一模一样的回迁房，以及家家户户在门口都养着的月季、蓝仙草，又给人一种模棱两可的感觉，街道很新，楼房很新，看不出时间的痕迹。

林雯带着我穿过街道，上楼，来到她家。她爸还在沙发上。我和她父亲打招呼。他抬头看了我一眼，什么都没说。

回到房间，林雯就压低声音。这些天她没事儿干。在家里，她一般以一个大字形躺在床上，有时是正面，有时是反面。这阵子她打游戏的兴致不强，每天做两把任务就算了，有时候刷短视频，有时候看网文，还有囤东西。她每天都在看微信上的秒杀群。第一天她对我说，你上京东看一下。她把我的手机拿过去抢了张券。第二天她对我说，你上淘宝看一下。我跟着她买到如下物品：猫维生素B片，婴儿专用湿巾，红霉素眼膏，酒精消毒湿巾，头绳发圈，清凉油，小台芒果。她说，从小总是听到妈妈说家里穷，要省钱，要少花一点。她不再敢买贵的东西。

接着我们说到这间房子。房子三室两厅，十多年前的装修风格，方方正正的玻璃灯，木质门框，屏风，因为时间久远，玻璃柜蒙上黄黄黏黏的一层雾。厕所是那种传统的木浴桶，淋浴头坏了，开启时管子四处溅水。林雯很不好意思，说她一般去楼下浴室洗澡。但总体说来，房子宽敞，明亮，位置也在镇中心。这是父母的房子，她开玩笑说，他们不死也不是我的啊。

第二天是林雯妈妈的生日。开始我一直没能见到林雯的妈妈，她睡得早，起得早。早晨她给我们煮了两个玉米，两个鸡蛋，放在餐厅桌上。林雯说这是来客才有的待遇。下午，林雯买好菜，随后到厨房清理冰箱，把过期的豆瓣酱、牛奶全部拿出来，扔进了垃圾箱。

妈妈生日，一家人总还是要一起吃顿饭吧。

妈妈是个四川女人。林雯说这么多年家里只有妈妈挣钱，一直没休息过。妈妈的妈妈——林雯的外婆——很早被拐卖到新疆，再没有下落。妈妈十几岁离家，出门打工，从成都到常州，相亲就嫁了。媒婆说这个男人有三个兄弟，一家人好帮衬。十九岁，她生下林雯。今天是妈妈的四十八岁生日。现在妈妈在厂里上班，林雯只知道工厂位置，不知道妈妈具体做些什么。小时候，妈妈在印纸厂，印刷纸壳那种，十几年前算大厂，妈妈看机器，她去找妈妈拿家里钥匙，厂子里热烘烘的，生产跟人一样高的大卷筒，手展开都抱不过来。

下午5点，先回来的是爸爸。爸爸回家后就粘到沙发上。那个"他"又开口说话了。

接着是一串拧钥匙的声音。妈妈回来了。妈妈显年轻，中等身材，扎着头发，穿一身黑色，眉清目秀，像许多中年女人那样戴齐全套金首饰，金手镯、项链、耳环。她嗓门很大。看到林雯在厨房里，她也过来帮忙。厨房里传来砰砰的忙活声。

左边，父亲躺在客厅。右边，林雯在厨房里焯毛豆。林雯做了炒花甲、盐水煮毛豆、炒四季豆，从冰箱里端出昨天买的蒜蓉蒸虾。妈妈买来夫妻肺片。桌上摆着丰盛的菜。

来吃饭，妈妈喊爸爸。

来吃啊，林雯又说。

爸爸还是没动，继续躺在沙发上。

林雯和妈妈坐下，留下一张空椅子。

爸爸最终也没来吃饭。后来他到厨房里去端来一盆面条，坐在沙发上吃了。妈妈和林雯都假装什么事都没发生，也没再去问爸爸，也许习惯了。

你吃，妈妈对林雯说，我减肥，不吃荤的。妈妈坐在素菜那边。她夹了一个四季豆说，好咸啊。林雯不好意思地笑笑，炒菜放多了酱油、蚝油。其实妈妈自己也经常分不清这些，做菜不好吃，让她拿瓶生抽，她买回来老抽，让她买老抽，她就买生抽。

对林雯的生活，妈妈如今采取"不干涉"的态度。对我是什么来头，也不多问。饭桌上，我们聊到鹤岗。此前她没听说过这个城市。

我提到那里现在有许多年轻人。

"去鹤岗躺平，对吧。"林雯妈妈说。

她对那里的印象只是很远，黑龙江，那么远，过去都要三四天。但她不愿多聊，很快转移了话题。她在一家小厂子上班，待了五六年，说是工厂，其实是手工作坊，厂里一共不到十人。工厂生产发动机部件，比如绝缘橡胶圈。她中午给厂里做饭，既看机器，也要做手工，用锉子摘掉橡胶环上的毛刺，每天从上午9点到下午5点，一周休息半天。常州工厂工资就那么多，她一个月赚三千块。休息的时候她就和姐妹去逛公园。

等饭吃完，父亲走过来。两天里我第一次听见他的声音。他是眯眯眼，脸上有许多横肉。他拿着屏幕碎裂的手机。妈妈让林雯帮忙，说微信支付坏了，也不知道怎么回事。林雯拿过他的手机操作了一阵。她说，你银行卡已经注销了，要换一张卡。父亲拿来另一张卡。她输入号码。人脸认证。"张嘴。"她对父亲说。父亲张嘴。现在可以了。她把手机递过去："你再试试转一次账。"

你爸爸不知道怎么搞这些，妈妈在旁边说。他们三人第一次同时露出笑容。

后来回到房间，林雯说，你感觉到了吗，他一点用都没有。小时候，她问妈妈为什么不离婚。有次妈妈带着她到四川去待了三天两晚，被娘家劝回来。女人嫁出去就没有家了吧，她说，娘家也顾不上她。林雯那时意识到，妈妈是一个按部就班的女人，那种万事都会忍的人。

妈妈回来后，客厅里的声音多了起来。除掉和丈夫的沟通以外——她和他说话，总得不到回应——她是那种风风火火的女人。阳台上养了多肉、灯笼草、长寿花、绿萝。她先是拿水壶开始浇花，接着又说在附近学校要来一片荒地，种西瓜、南瓜、生菜、番茄、茄子。最近她在减肥，已经减了一个月，上午出门跑步，坚持不吃晚饭。她要下楼去转呼啦圈了。

后来我下楼，遇见正在转呼啦圈的林雯母亲。她在肚子上绑束身带，然后套上狭窄的呼啦圈，将秤砣甩起来。底下有些年纪更大的老人。她边转呼啦圈，边和老人用常州话聊天。

我和她聊到对林雯去鹤岗生活的看法。

"我什么话都跟她说了，没用的，劝不动她，"林雯母亲继续转着呼啦圈，"随便她好了，我现在就这么想。"

我提到那些让林雯困惑的相亲。"那现在也不给她介绍了，随便她。"她说。

后来林雯和我说，从鹤岗回家前，妈妈又"不小心"给她发了一张男生的照片，说非常难得，三十二岁，可靠，做销售。她说妈，你跟人家讲，我有病，生不了孩子。虽然住在镇上，邻居仍然是原来同村的人，还有远亲。只要听说你没结婚，你就是别人手里的一种资源，她说。每次出门她都要戴口罩，省得被亲戚认出来，"会被呱唧呱唧讲"，过一会儿又要给她介绍相亲了。

"你觉得什么样的男的才是好的？"林雯问我。

"能听人说话的。"

她说："那你对小地方的男的要求太高了。"

她说，二十多次相亲里，更多是一上来就要谈生孩子的。最后那次相亲，男生送她回家。快到家了，男生一直不停车，绕着主街开了四五圈，说再去别的地方逛逛吧。

她当时说，要是不让我回家，我就跳车了。

回家，妈妈问她男生怎么样，她说不合适。没过几天，妈妈又给她介绍相亲对象。对于结婚这事，妈妈不会退让。妈妈对她的期望就是找个人嫁掉。这点她们永远无法达成一致。

她说，妈，你嫁了个什么样的男人。

妈妈说，那是运气问题，你又不一定碰上你爸这样的。

她说，那我为什么要用我的一生去赌呢？

后来，晚上，妈妈又到房间里来，和她聊天。

妈妈说，你自己想清楚就好，你要对自己的生活负责。

林雯说，我想清楚了，我就打算继续在鹤岗过下去。

妈妈说，你不要后悔。

林雯说，我不会后悔。

她没有告诉妈妈，她已经买了三个五百升那么大的白色编织袋，要把房间里剩下的被子、枕头、床单、娃娃全部打包带到鹤岗。

编织袋已经到了。妈妈将快递盒拿上来，问她买的是什么。

她对我眨眨眼睛，答道："就是买的东西，几个袋子。"

\* \* \*

林雯开始打包。白天，爸爸还在客厅听小说。她原本打算等爸爸走掉再打包——上次去鹤岗，她就是趁父母都不在时把行李打包好。但爸爸今天打着赤膊，她估计他不会出门了，进而决定忽视他。天气还是闷热。她走出房间，来到储物室。那里有两个衣架，挂着冬天的大衣、羽绒服。书柜放着教材，《冷菜、冷拼与食品雕刻技艺》《中式面点制作》。她翻了翻衣架，摇头，毛领大衣太轻薄了。她把视线转向一个麻袋，翻出来两床旧床垫、旧被子，还有一床电热毯。曾经她在酒店做前台服务员，一个月里上十五天夜班，从晚上10点坐到第二天早上8点，冬天冷，她就买来这床电热毯盖在腿上。

上学时买的星星玻璃灯；以前做西点给蛋糕增色用的红曲粉；房间的吸尘器，拆下头，各自裹两圈保鲜膜；塑料布；一大包纽扣。她走到客厅，打开鞋柜，掉出一叠一次性拖鞋。她捡起来。响声哗啦啦。父亲没抬头，也没说话。她清空衣柜，夏天的裙子，秋冬的毛衣、围巾。滚腿器。拉伸器。她还翻到以前买的猫手术服。编织袋很快装满了。过两天她就叫快递上门，把三个袋子运到鹤岗。

打包完，林雯又躺到床上。我们并肩躺着。我问她是否还是打算在鹤岗继续待下去。她点头。她想就这样待在鹤岗，继续开炸串店，同时呢，她打算问妈妈能不能赞助一台电脑，如果可以，她一边开店，一边在网上做兼职客服，如果不行，她就再攒攒钱，明年买电脑。

她在常州见了三个朋友。一个是她曾经上班的酒店的经理，已结婚成家。另外两个都是手机回收公司的前同事，男生，还很年轻，互相不认识。其中一个叫小乐。小乐和她同批进公司，是个不善言辞的小伙，比她小两岁，家里给他在常州买了套房，他平常和爸妈一起住。好死赖活过呗，林雯说，小乐对工作没她那么上心，从没拿过绩效第一，拿保底工资就已满足，现在工资还是三千多一个月。

稳如老狗，她说，小乐就是条咸鱼，你拨一下他才动一下。

最初小乐只知道林雯要辞职。后来林雯才告诉他去了鹤岗。

小乐说，大佬，说跑就跑，真牛。

林雯躺在床上给小乐打电话——出来吃饭，有人请客。电话对面是一个懒洋洋的声音。谁啊，男生说。林雯说，就是个朋友。我们约好第二天和小乐一起去吃石锅鱼。但第二天，到约好的时间，小乐说要给家里人做饭，又不来了。林雯说，即使在常州，她也没有朋友圈子，都是一个人和一个人联系。

我原想着让小乐带我们去趟手机回收公司,三年了,他还在那工作。他说,周末公司不打卡也能进。我和林雯坐上车,二十分钟后到被樟树包围的工业园区。我们在层层叠叠的高楼中行走,经过电动玻璃门,电梯门,灰色的闸门,相同的挡板、办公桌、惠普电脑和键盘。我们在玻璃门外张望。她指着那个她曾坐了一年的位置——一张桌子,一张椅子,一台电脑,一个键盘。我之前就在那儿,她说。

之后我们决定离开,又穿过闸门、电梯门、电动玻璃门,离开园区。在楼下,我看到设备检测中心里密密麻麻的手机。保安狐疑地看了我们一眼。

离开工业园区,林雯决定带我去一家洗浴中心。以前她时常去那里待着。那是一家老牌洗浴中心,供应自助餐,既能洗澡,还能吃三餐。洗浴中心独享一栋办公楼,人不多。我和林雯一起洗完澡,来到空无一人的娱乐室,先打桌球,接着打乒乓。由于球技拙劣,我们很快放弃了。这时整座洗浴中心变得灰暗。窗外,一场暴雨即将来临,传来男人的鼾声。

躺在懒人沙发上,林雯捧着手机,说起和朋友见面,她们与她分享婚姻生活常见的争吵、欺骗与妥协,还有孩子。更年轻的小乐说在找女朋友,相亲,生活似已不再有可能的变化。他们留在这里,而她选择离开。

我问林雯,她觉得和这几位朋友的区别在哪。她想了想说，可能他们家庭幸福，工作过得去，并不想走，可能也想走吧，只是结婚早，也有孩子。"也可能是我足够自私，"她笑了笑，"这没什么不可以说的，人本来就自私。"

从常州到鹤岗，林雯的出走，除了从历史或社会的视角去理解，更重要的还有她的自我寻求——这是后来来到常州的小镇，来到她的家里，走到那栋办公楼下我在思考的——她走出这一步，走向远方，要摆脱的是惯性多么强韧的旧秩序：那座工业园区，办公楼，那些敲打键盘的声音，坐在酒店前台的无数个夜晚，让人冻得哆嗦的冷库，口水鸡，蚕豆，那个没有声音的家庭，那张沙发和沉默寡言的父亲，交易一般的相亲和婚姻……她要走出的是整个旧秩序对她的判定和期望。

我想到弗洛姆的那句话：如果我只是我以为别人期望的我，除此之外什么都不是，那"我"是谁？

林雯的行动与脚步正是对此的追问——"我"究竟是谁？"我"究竟希望过上何种生活？

即便如我在鹤岗的所见所闻所识，出走并非终点，远方也并非最终答案。但人们总有越过眼前藩篱的冲动，对自我位置的追问不会停歇。

林雯规划未来，她也许会一直在鹤岗待下去，待到四十岁、五十岁，始终一个人过，如果猫死了，就再养一只。

"什么情况下必须回来？"

"也许只有爸妈走的时候了。"她说。

从洗浴中心出来,雨停了。我们从常州新北区回小镇。江浙沪,中国经济的中心地带。高速路上,她指着路边两栋高楼,这里,那里,都是新建起来的。有一栋楼在黑暗中发出蓝色的光,那些楼像在水里面一样,还有面前这条路,原来是村子,后来拆了,变成医疗器械厂。她小时候和玩伴在马路上玩,到处下雨,路上是泥巴堆成的小山丘,还有水洼,在那些泥泞里,孩子们捡走针头做玩具。

回到小镇,路上是别墅群,三四层楼高,意大利式风情。售楼中心在黑夜中亮着灯,"××镇最后的独栋别墅,尊享美景"。别墅群黑漆漆的,有些亮着灯,我们站在马路上看房子里的人影。

"世界变得真快。"

"但好像这些和我没什么关系。"她又说。

随后一周过得很快。我和林雯一起在镇上四处走。镇子以老街、新街、更新的街来划分。我们先走到老街。她的初中曾经在这里,后来拆掉,搬到新街,老校区荒废了几年,现在是家职业技术学校。老街是曾经小镇的位置。后来拆迁,大家都搬到新街,现在再往北去,又有更新的街,一切都要更快,要更新。

我们一眼就能认出哪里属于老街——那些低矮的楼房,灰色雨水的痕迹,金叶烟酒店,渔具店门口的鱼竿和鱼饵，街道两侧杂乱的电线。唯一一家影剧院堆放着倾斜的木梯、扫帚、红木桌。老街的边缘地带，景象愈加荒凉。水泥路面裂开了。我们绕了一圈，围着老去的楼，老去的路，老去的人们养的蓝星草。

然后我们来到新街。新街尽头是一个公园。园里的河很深，曾有人淹死在里面。林雯上次到公园是三年前，那时新冠还没有发生，公园只是女人来跳舞的地方。但现在，公园正在举办集会，大大小小的摊贩，卖的还是那些人们能在任何一条步行街上吃到的东西：旋转薯塔、冰淇淋、臭豆腐、肉夹馍、烤冷面。人挤着人。还有碰碰车、气枪、小孩的蹦极、钓鱼、划船、从1连续写到500的游戏。舞台上有人正在表演川剧变脸。"四川的川剧魅力，也是我们中国的川剧魅力。你看看，变脸速度非常快，千万不要眨眼，眼睛眨一眨，老母鸡都能变成唐老鸭。"

人群中有人牵着鹅。绳子绑在鹅的脖子上，男人拽着绳子，将鹅拖走。鹅展开翅膀，脚掌划过粗糙的地面。紧接着又有男人拘着鹅走来。我和林雯走到一个热闹的摊位前。那真热闹，是个支起的大棚，铁丝网将一大群鹅围起来。套圈游戏，奖品不是娃娃、玩偶、恐龙玩具，而是活着的鹅。外侧有许多人。他们手中拿着一摞圈，圈很小，只比手腕粗。每当有人扔出一个圈——铁丝网里白色的鹅们蹲低脑袋，动作齐整，就像一片起伏的海浪。

"你快看。"林雯咯咯笑。她第一次见到套鹅。她打开手机将这一幕拍下来,发抖音。

"你们快看!"她边录边说。

不过人太多了。人群中混杂着汗味。我们看了一会儿套鹅,随后失去了兴趣。我问林雯,能否带我去她的故乡看看——真正意义上的故乡,不是这个崭新的小镇,而是她出生、度过童年、对世界还抱有好奇时的地方。如果那个村子还存在的话。

但那里都被围起来了,林雯说,都是厂子,我们进不去。

存在于林雯记忆中的故乡是什么样子?十二岁以前,2005年以前。那时候她家是个大家族,全家和爷爷奶奶一起住在河边的一间平房。那时候最好吃的东西是妈妈做的拌面。一碗水煮挂面,加一勺豆瓣酱,酱油,放一点糖和辣椒。家里穷,还是吃不饱,她和同村伙伴一起,拿瓷碗的碎片在田埂上生火,烤从田里摘来的东西。秋天,水稻收割后,在田里捡没脱壳的稻谷。把火熄了,稻谷扔在灰烬里,过一会儿就炸开,变成不甜的米花。河边有棵桑葚树,她去摘桑葚,有时在草丛中摘到野草莓。村子边缘还有一排树,树干上黏黏的胶,以为是野果,采完才知道是别人种的桃子。隔壁村的河,水下有菱角。女孩一起去水里捞菱角。有人掉到水里,其余人慌乱找来一根竹竿,将落水的人拉过来。父母争吵时,她来到村子旁边的松树林，躺在松软的泥地上。

另一个下午，太阳暴晒，林雯同意带我去曾经的故乡看看。她多年未曾回去，我们也做好什么都看不到的打算。离开镇子入口，通过一条土路，车程五分钟，定位的地方就在这里。

现在，我们站在这个装着林雯童年记忆的村子。路的尽头是一道灰色的墙。这道墙沿着河流修建，里面是蓝色铁皮瓦和玻璃建成的厂房。河流里，墙角源源不断地排出污水，黄色的、白色的、绿色的泡沫，反射着彩色的油渍在水面上荡漾开来，还有死掉的水草。通向河道的石板路上只有垃圾。一种不知名的树垂下来像葡萄一样的花叶，招来苍蝇。

"我们的家之前就在那。"她用手指向前方，河流在的地方。河流另一侧，高大的榆树枝叶垂落下来。

村子变成包材厂、干燥厂、科技厂。祖坟迁走了，从村旁迁到更远的山。整座村子被连根拔起，一路都是厂房，灰色的水泥，蓝色的玻璃，红色的砖墙，机器的嗡鸣声，空气中的塑料味。

隔壁村没有被征收，还维持着原来的样子，零星儿个老人在喂鸡，犁地。林雯带着我往那里走。那就像是她记忆中的村子：两层高的白色平房，路边有枸杞叶，一些农户种的桃子树、苹果树，结了果，罩住网。在电站，我们走到一个小的开闸处，河水会被抽到坑里，再放掉，留下草鱼、鲫鱼,她和玩伴一起捉。往下走是另一条河,河旁有一片玉米。一个女人在石砖上淘洗衣服,旁边的孩子挥舞着扫帚。我们站在河边。一丛柳条垂下来。风吹动柳尖,河面生出波纹。

这边一片全都是草,潮湿,虫子就多。小时候这里还有一种紫色花。你看,那些桃子熟了。林雯一样样介绍给我。忽然飞来一只白鸟,翅膀雪白,身体棕色。鸟儿停在水面,嘴巴钻到水下,又抬起头来,不急不缓展开翅膀,离开河流,往远处的树林飞去。那只鸟真是漂亮。

"你看那只鸟。"林雯说,像是想起了些什么,"以前我们这还有白鹭呢。"但此后再没有见过了。

分别时,林雯先下车,在车窗外,她对我笑了笑。下次见面应该是很久以后了,她说。我隔天离开常州。两天后,林雯对我说,她已经打包完所有的行李。她再次坐上了去往鹤岗的火车。

# 致谢

三年前，当我第一次开始搜索与隐居吧相关的故事时，我并没有想到这会成为一本书。这三年我去了很多地方，一些是隐居者们的所在地，鹤壁、六安、淮南、乳山、廊坊燕郊、万宁、鹤岗，一些是隐居者们的来处，比如常州和大同。一路上我遇到了很多人，与很多人交谈。起初我只是好奇年轻人为什么不工作、不社交、不恋爱，但后来，我的写作动机逐渐转变为另一种好奇：人将会为自己选择何种生活？换言之，人都在为自己选择什么样的存在方式？我想知道"选择"的时刻如何发生，也想知道，在"选择"过后，人们的生活究竟会发生什么变化。

如书中所写，我得到了一些答案，也依然有困惑没有得到解答。

我想首先感谢书中所有受访者，非虚构写作建立在真实的生命经验上，感谢你们慷慨地与我分享了自己的经验和故事。在鹤岗生活时，我得到了很多照顾与善意。

此书出版前，我将书中内容分别分享给了受访者。也应她和他的要求，书中除了李海、郑前、梁云鹏、袁长庚外，其余人的名字都为化名。

我也得知了书中主要人物的生活近况：左杰在山中待了两年后，因为经济原因离开了山里；杨亮度过了一段在河南鹤壁和上海来回迁徙的生活，如他设想，在上海打工，在鹤壁隐居，不过我最后一次联系他时，他说打算去西藏做光伏生意了，要大干一场；王浩回家照顾父亲，直至父亲离世，随后开始学针灸，想独自开一家推拿按摩店。我在鹤岗认识的人们大多仍在那里继续生活（除了宁夏男人去了越南），女孩A出门旅游了几趟，回到鹤岗。养了六只猫的C也还在。林雯继续开着炸串店，养了第三只猫。男生们照常在鹤岗打游戏、炒股、滑雪、养猫。A还对我说，有越来越多的人来鹤岗生活了。

也是在与鹤岗的女生联系时，我们再次谈论起已经离世的王荔。有人给她在河边点了孔明灯，有人说要去大同看她，还有人找出她很久以前的照片发给了我。

是否要完整写下寻找王荔的故事，对此，我犹豫了很长一段时间。

在王荔生前，我曾在一篇报道中写到她去鹤岗生活的故事。她当时说，给陌生人看，她不介意。我因此相信她内心仍然渴望得到理解，渴望着与人交流。当她莫名失踪，我们一起寻找，得知死讯。死因成谜。凭借本能，我找到了她的家人和其他的朋友，每个人都向我诉说了许多，可似乎每个人都并不真正理解她。

为什么？每个人都这样问。

我最后选择将寻找的过程和人们的叙述写下，写下这些碎片，可能与人们给她点孔明灯、写悼文、起初不停地谈论她一样：因为没办法真正理解她的选择，只好自己做些没有意义的事情，来缓解睡前那种一想到死就意味着无的焦虑。

关于死亡，叙述的权力始终在生者身上。我仍然不知道我做的是否正确。

\* \* \*

本书的部分篇章曾发表在《时尚先生 Esquire》杂志。感谢这本杂志提供的帮助。

感谢谢丁老师。是他第一个让我意识到"报道"与"写作"的不同。我开始试着跳脱原来的媒体报道框架，用一种全新的视角看待写作。在写隐居吧相关的内容时，也是谢丁老师第一个意识到这个选题的价值，给予准确的判断，说这可以写成一本书。他的帮助不仅是本书的基础，也真正开始改变了我的写作。

感谢本书的编辑，周劼婷、郑科鹏和毛毛。劼婷和科鹏充满耐心地与我一起重新推翻、梳理本书的结构，反复讨论和修改书中的内容，使之真正具有了一本书的面貌。我很幸运遇到这样尽责的编辑。

在和毛毛沟通时，我第一次阅读了西蒙娜·薇依和弗洛姆，更理解自我和他人的关系，作者与书写对象的关系，不再受困于观念的约束，而是书写更具体的感受。也是他始终提醒我，语言的准确是第一重要的。对此我受益良多。

小张为我设计了令人眼前一亮的封面插画。还有小聂，我的家人刘老师，你们不但给本书提供了建议，也是你们的陪伴帮助我度过精神上痛苦的时候，先是恢复了健康，才有精力和动力写作。感谢我的父母，陈女士和李先生，你们曾教我保持对他人的关心。

如果您读完有什么想法、建议，或者是报道与写作的线索，欢迎联系我：Echoliyingdi@gmail.com。

书中的林雯在读完她的故事后说："就像我从卧室走向客厅的脚步，走了很多年，我可以随便在客厅待多久了。"

本书也献给每一位自觉敏感、脆弱、与外部世界格格不入的人。祝愿每一位读者，你和我，我们都能找到自己的客厅，自己的角落。

图书在版编目（CIP）数据

逃走的人 / 李颖迪著. -- 上海 : 文汇出版社, 2024.8（2024.9重印）
ISBN 978-7-5496-4264-9

Ⅰ. ①逃… Ⅱ. ①李… Ⅲ. ①纪实文学－中国－当代 Ⅳ. ①I25

中国国家版本馆CIP数据核字(2024)第102335号

# 逃走的人

作　者 / 李颖迪
出版统筹 / 杨静武　郑科鹏
责任编辑 / 何　璟
特邀编辑 / 毛　毛　周劼婷
营销编辑 / 朱雨清　潘佳佳　胡　琛
封面图片 / 张楚婕
装帧设计 / 韩　笑　陈慕阳
内文制作 / 王春雪
出　版 / 文汇出版社
　　　　　上海市威海路755号
　　　　　（邮政编码 200041）
发　行 / 新经典发行有限公司
电　话 / 010-68423599　邮　箱 / editor@readinglife.com
印刷装订 / 北京中科印刷有限公司
版　次 / 2024年8月第1版
印　次 / 2024年9月第3次印刷
开　本 / 850×1168　1/32
字　数 / 120千
印　张 / 7.5

ISBN 978-7-5496-4264-9
定　价 / 59.00元

敬启读者，如发现本书有印装质量问题，请与发行方联系。